柳橋物語

山本周五郎

角川文庫
20819

目次

主要登場人物

柳橋物語

おせん　源六の孫娘。
源六　刃物の研ぎ師。
庄吉　大工。
幸太　大工。「杉田屋」の養子となる。
杉田屋巳之吉　「杉田屋」の棟梁。
お蝶　巳之吉の妻。
権二郎　「山崎屋」の飛脚。
幸太郎　火事の日に、おせんが拾った子供。
勘十　藁屋。火事で焼け出されたおせんを家に住まわせる。
お常　勘十の妻。
おもん　おせんの友人。同じ裁縫の師匠についていた。
松造　お常の兄。

しじみ河岸

花房律之助　南町奉行所の吟味与力。
卯之吉　二十五歳になる左官職の男。
お絹　二十歳の娘。
勝次　お絹の父。
直次郎　お絹の弟。
清太郎　相模屋の若旦那。

柳橋物語

前篇

一

青みを帯びた皮の、まだ玉虫色に光っている、活《い》きのいいみごとな秋鰺《あきあじ》だった。皮をひき三枚におろして、塩で緊《し》めて、そぎ身に作って、鉢に盛った上から針しょうがを散らして、酢をかけた。……見るまに肉がちりちりと縮んでゆくようだ、心ははずむように楽しい、つまには、青じそを刻もうか、それとも蓼酢《たでず》を作ろうか、歌うような気持でそんなことを考えていると、店のほうから人のはなし声が聞えて来た。

「いったいいつまでにやればいいんだ」

「無理だろうが明日のひるまでに頼みたいんだ」

「そいつはむつかしいや、明日までというのがまだ此処《ここ》にこれだけあるんだから、まずできない相談だよ」

「そうだろうけれど、どうしても爺《じい》さんの手で研いで貰《もら》いたいんだ、そいつを持って旅に出るんだから」

「旅へ出るって」源六のびっくりしたような声が聞えた、「……おまえが旅へ出るのかい」

「だから頼むのさ、爺さんに研ぎこんで置いて貰えば安心だからな、無理だろうけれどそれでやって来たんだよ」

庄吉の声だった。おせんは胸がどきっとした、庄さんが旅に出る、出仕事*だろうかそれとも、そう思ってわれにもなく耳を澄ました。

「そうかい」と源六が返辞をするまでにはかなりの間があった、「……じゃいいよ、やっておくから置いてゆきな」

「済まない、恩に衣《き》るよ爺さん」

そしてその声の主は店を出た。おせんがその足音を耳で追うと、それが忍びやかに、けれどすばやくこの勝手口へ近づいて来た。おせんはそこの腰高障子《しょうじ》をそっと明けた、庄吉が追われてでもいるような身ぶりですっと寄って来た。血のけのひいた顔に、両の眼が怖いような光を帯びておせんを見た、彼は唇を舐《な》めながら囁《ささや》くように云った。

「これから柳河岸《やなぎがし》へいって待っているよ、大事なはなしがあるんだ、おせんちゃん、来て呉《く》れるかい」

「ええ」おせんは夢中で頷《うなず》いた「……ええいくわ」

「大川端《おおかわばた》のほうだからね、きっとだよ」

そう念を押すとすぐ庄吉は去っていった。おせんは誰かに見られはしなかったかと、……どうしてそんなことが気になるのかは意識せずに、……横丁の左右を見まわした。向う側にはかもじ屋*に女客がいるきりで、貸本屋も糸屋も乾物屋もひっそりとしているし、主婦がおしゃべりでいつも人の絶えない山崎屋という飛脚屋*の店も、珍しくがらんとして猫が寝ているばかりだった。障子を閉めたおせんは、笊《ざる》にあげてある青じそを取って、俎板《まないた》の上に一枚ずつ重ねて、庖丁《ほうちょう》をとりあげたまま暫《しばら》くそこに立ち竦《すく》んでいた。なんと云って家を出よう。そんなことは初めてなので、怖いようでもあるし、お祖父《じい》さんに嘘《うそ》を云うことが辛《つら》かった。けれども頭のなかでは庄吉の蒼《あお》ざめた顔や、思い詰めたようなうわずった眼や、旅に出るという言葉などが、くるくると渦を巻くように明滅し、彼女の心をはげしくせきたてた。……そうだ、おせんは俎板の上の青じそを見てふと気づいた。柳原堤《やなぎわらどて》へいつも出るはしり物屋*がある、このあいだ通りかかったら独活《うど》があった、あれを買って来てつまにしよう、駆けてゆけば庄吉の話を聞くひまくらいはあるだろう、おせんは前垂で手を拭《ふ》きながら台所からあがった。

「お祖父さん、ちょっといって鰺のつまにする物を買って来ますよ」

「鰺のつまだって」源六は砥石《といし》から眼をあげずに云った、「……つまなんか有合せで結構だぜ、あんまり気取られると膳《ぜん》が高く*なっていかねえ」

「それほどの物じゃありませんよ、すぐ帰って来ますからね」

そしてなおなにか呼びかけられるのを恐れるように、店の脇《わき》から出て小走りに通りのほうへ急いでいった。……中通りをまっすぐにつき当ると第六天《だいろくてん》の社《やしろ》である、柳原へはそこを右へ曲るのだが、おせんは左へ折れ、平右衛門町《へいえもんちょう》をぬけて大川端へ出た。隅田川《すみだがわ》は夕潮*でいっぱいだった。石垣の八分めまでたぷたぷとあふれるような水からは、かなりつよく潮の香が匂ってきた、初秋の昏《く》れがたの残照をうけて、川波は冷たくにぶ色にひかり、ひとところだけ明るく雲をうつしていた。竹屋の渡しあたりを川上へいそぐ小舟が見えるほかは、広い川面《かわも》に珍しく荷足《にたり》*も動かず、鷗《かもめ》の飛ぶようすもなかった。……河岸ぞいに急いでゆくと、足音に驚いて小さな蟹《かに》が幾つも、すばやく石垣の間へ逃げこむのがみえる。ついするとそれを踏みつけそうで、おせんははらはらしながら歩いていった。神田川のおち口に近い柳の樹蔭《こかげ》の、もううす暗くなったところに庄吉は立っていた。柳の樹《き》に肩をもたせて、腕組みをして、どこやら力のぬけたような姿勢で、ぼんやり川波を見まもっていた。

「有難うよく来て呉れた」

彼はおせんを見ると縋《すが》りつくような眼をした。

「あたし柳原まで買い物をしにゆくつもりで出て来たの、遅くなっては困るし、もし人に見られるときまりが悪いから……」

「話はすぐ済むよ」庄吉はおせんよりおどおどしていた。ふだんから色の白い顔が、血のけもないほど蒼くなり、大きく瞠《みひら》いている眼は、不安そうに絶えずあたりを見まわすのだった、「……今朝とうとう幸太《こうた》と喧嘩《けんか》をしてしまった、おれはがまんして来た、きょうまでずいぶんできないがまんをして来たんだ、けれどもどうせいつかはこうなる。おれか幸太か、どっちか一人はこの土地を出なくちゃあならないんだ、そして幸太が頭梁《とうりょう》*の養子ときまったからには、出てゆくのはおれとわかりきっていたんだ」

「でもどうして、どうして喧嘩になんぞなったの、幸さんとどんなことがあったの」

「今朝のことなんかたいしたことじゃあない、ただ喧嘩のきっかけがついたというだけで、はっきり云ってしまえば……」庄吉はそう云いかけてふと口を噤《つぐ》んだ、それから臆病《おくびょう》そうな、けれどくいいるような烈《はげ》しい眼つきで、おせんの顔をじっと見つめた、「……いやそれを云うまえに訊《き》いて置きたいことがあるんだ、おせんちゃん、おれは明日、上方《かみがた》へ旅に出るよ」

「…………」

おせんはこくっと生唾《なまつば》をのんだ。

「江戸にいれば頭梁の家で幸太の下風《かふう》*につくか、とびだしたところで、一生叩《たた》き大工*で終るよりほかはない、それより上方へいって、みっちり稼いで、頭梁の株*を買うだけの金をつかんで帰って来る、知らない土地ならばみえも外聞もなく稼げるし、あっちは諸式*がずっと安いそうだから、早ければ三年、おそくっても五年ぐらいで帰れるだろう、おせんちゃん、おまえそれまで待っていて呉れるか」

「待っているって」

おせんは声がふるえた、「……あたし、庄さん」

「そうなんだ、きょうまで口ではなんにも云わなかったけれど、おれがおせんちゃんをどう思っていたかということはわかっていて呉れた筈《はず》だ、おそくとも五年、帰って来れば頭梁の株を買って、きっとおまえを仕合せにしてみせる、おせんちゃん、それまでお嫁にゆかないで待っていて呉れるか」

「待っているわ」おせんはからだじゅうが火のように熱くなった。そして殆《ほと》んど自分ではなにを云うのかわからずにこう答えた、「……ええ待っているわ、庄さん」

「ああ」庄吉はいっそう蒼くなった。「……有難うおせんちゃん、おかげで江戸を立つにもはりあいがある、そしてその返辞を聞いたから云うが、実は幸太もおせんちゃんを欲しがっているんだ、喧嘩のもとは詰りそれなんだ、だからおれがいなくなれば、きっと幸太はおまえに云い寄るだろう、そいつは今から眼に見えている、だがおれはこれっぽっちも心配なんかしやあしない、おせんちゃんはおれを待っていて呉れるんだ、どんなことがあっても、そう思っていていいな、おせんちゃん」

そのときおせんは譬《たと》えようもなく複雑な多くの感情を経験した。あとになって考えると、わずか四半刻《しはんとき》＊ばかりのその時間は、彼女の一生の半分にも当るものだった。……

…おせんは覚えている、そのときあたりは昏れかけていた。つい向うに見える両国の広小路も、川を隔てた本所《ほんじょ》の河岸も、このあいだまでは水茶屋*に灯がはいり、涼み客のざわめきで賑《にぎ》わっていたのに、いまは掛け行燈《あんどん》*の光もなく、並んだ茶店はもう女たちも帰ったのだろう、ひっそりと暗く葭簾《よしず》*が巻いてある、もう肌さむいくらいな川風に、柳の枯葉はあわれなほど脆《もろ》く舞い散り、往来の人の忙しげな足どりも、物売のかなしげな呼びごえも、すべてが秋の夕暮のはかなさを思わせるものばかりだった。

　庄吉に別れるとそのまま家へ帰った、もう柳原へいって来るには遅いと思ったから。帰るみちみち、おせんの胸はあふれるような説明しようのない感動でいっぱいだった。それは生れて初めての、あまい、燃えるような胸ぐるしいほどの感動だった。庄吉と逢ったわずかな時間、庄吉から聞かされた短いその言葉、その二つが彼女のなかに眠っていた感情と感覚とをいっぺんによび醒《さ》ましたのである。街の家並もたそがれのあわただしい景色も、常と少しも違ってはいないのだが、今のおせんにはびっくりするほど新しくもの珍しいように思え、こんなにしっとりしたいい町だったのかと見なおすような気持だった、源六はもう灯をいれて、砥石に向っていた。

「おそくなって済みません」おせんはそう声をかけながら、店へはいろうとしてふと気がつき表に掛けてある看板を外した、雨かぜに曝《さら》されてすっかり古びているが、まん中に御研ぎ物、柏屋源六《かしわやげんろく》と書き、その脇へ小さな字で、但《ただ》し御槍《おんやり》なぎなた御腰の物*

はごめんを蒙《こうむ》ると書いてある、おせんは看板の表の埃《ほこり》を払いながらいった、「……このあいだ独活があったのでいってみたのだけれど、きょうはあいにくどこにもないのよ、おじいさん、かんにして下さいね」

「だから有合せでいいって云ったんだ、つまなんぞどうでも秋鯵の酢があればおれは殿様だぜ」

「それではすぐお膳にしますからね」そしておせんはもう暗くなった台所へはいっていった。

二

庄吉はその明くる日、たのんだ研ぎ物を受取りかたがた別れに来た。源六には「三年ばかり上方で稼いで来る」と云っただけで精《くわ》しい話はしなかった。おせんには達者でいるようにと云い、おもいをこめた眼でじっとみつめながら、まるで泣いているような微笑をうかべた。そしてその日午後、品川のほうにある親類の家から旅に立つ筈で、茅町《かやちょう》の土地を去っていった。

おせんは四五日ぼんやりと、気ぬけのしたような気持で日を送った。なにかしていてもふと庄吉のことを考えている。蒼ざめた顔や、思いつめたきみの悪いような眼や、おずおずした、けれど真実のこもった囁き声などを、繰り返し繰り返し考え耽《ふけ》っているような日が。……その次には旅のかなたが気になりだした。もうどのくらい行っただろう、箱根はぶじに越したろうか、馴《な》れない土地は水にあたり易《やす》いという、病みつくようなことはないかしらん、そして、よく人の話に聞く道中の恐ろしい出来事や、思いがけない災難があれこれと想像されて、ぞっと寒くなるようなことも度たびだった。こういうことが半月ほど続いたあと、少しずつ気持がおちついてくるとおせんは庄吉と幸太とのかかわり、かれらと自分との繋《つな》がりを思い返した。

茅町二丁目の中通りに杉田屋巳之吉《すぎたやみのきち》という頭梁が住んでいる、家にいる職人だけでも十人ほどあり、多く武家屋敷へ出入りをする名の売れた大工だった。おせんの家は元その隣りで髪結い床《どこ》をやっていた。父の茂七《もしち》は彼女が十二のとき死んだが、口の重い、癇《かん》の強い*性質で、あいそというものがまったく無いため、よく知っている者のほかは余り客も来なかった。また母は病身で月のうち十日は寝たり起きたりのありさまだったから、家の中はいつも、鬱陶《うっとう》しく沈んだ空気に包まれ、いつもどこかに溜息《ためいき》が聞えるという風だった。……おせんはごく幼い頃から、一日じゅう杉田屋の家で遊び暮すことが多かった。巳之吉も妻のお蝶《ちょう》も子供が好きなのに、一粒だね*の女児が生れて半年めに死んでしまい、そのあとずっと子が無かったので、おせんがまだ乳ばなれもしないうちから、よく来ては「なんだか膝《ひざ》さびしくって」などと云っては抱いてゆきゆきした。おせんのほうでもお蝶によく馴ついて、自分の家は狭くるしく陰気で、子供ごころにもなにやら息詰るような感じだったが、杉田屋は座敷も広く人も大勢いて賑《にぎ》やかだし、そこにはいつも玩具《おもちゃ》や菓子が待っていた。着物や帯もずいぶん買って貰った、春秋《はるあき》には白粉《おしろい》を付け髪を結い、美しく着飾って、そのころ杉田屋にながくいた定五郎《さだごろう》という老人の背に負われて、巳之吉夫妻といっしょに花を見にゆき、秋草を見にいった。王子権現《おうじごんげん》の滝も、谷中《やなか》の蛍沢《ほたるさわ》も、本所の牡丹《ぼたん》屋敷も、みなそうして知ったのである。

――おせんちゃん、小母《おば》さんの子におなりでないか、そのじぶんお蝶はよく頬ずりしながらそう云った。するとおせんは生まじめな顔になり、いかにも困ったというように首をかしげながら、あたしおっかさんの子でなければおばさんの子になるんだけれど、きまってそういう返辞をしたそうで、そんな幼さに似あわない、情の籠《こも》ったようすだったと、後になってからよく聞かされた。

おせんの九つの年に母が亡くなった。そして間もなくお祖父さんが来ていっしょに住むようになった、源六は父にとって実の親だったが、気性が合わないため別居し、神田のほうで研屋をしながらずっと独りで暮していた。それが茂七が妻に死なれ、おせんを抱えて惘然《もうぜん》*としているのをみて、自分からすすんでいっしょになったのである。それまでにも菓子や花簪《はなかんざし》などを持っては折おり訪ねて来たので、おせんはよく知ってもいたし母の亡くなったあとの淋《さび》しいときだったから、すぐ源六に馴ついて、夜なども抱かって寝るようになった。……幸太と庄吉とはその前後から知り合ったのだ、幸太は巳之吉の遠い親類すじに当り、十三の春から、杉田屋へ徒弟にはいった。口のきき方もすることも乱暴な、ひどくはしっこい*少年で、来る早々から職人たちと達者に口喧嘩などするという風だった。庄吉は幸太より半年ほどあとから来た、不仕合せな身の上で、両親もきょうだいもなく、品川で漁師をしている遠縁の者が親元になっていた。彼は幸太とは反対にごくおとなしい性分で、おない年とはみえないほど背丈も低く、ひよわそうな女の子のような感じだった。母が亡くなってからはおせんはあまり杉田屋へゆかなくなった。お祖父さんが止めるし、父も好まないようすだったから、ずっとあとになってわかったことだが、杉田屋から養女に貰いたいという話があり、父との間が気まずくなったのだという、……けれども杉田屋のほうでは別に変ったようすもなく、お蝶が自分でなにか持って来て呉れたり、幸太や庄吉を使いによこして食事に呼んだり、芝居見物につれだしたりした。

茂七が死ぬとすぐ、源六はおもて通りの店をたたんで、中通りの今の住居へ移った。もうおせんも十二になっていたし家も離れたので、巳之吉やお蝶とはしだいに疎《うと》くなったが、職人たちは道具を研いで貰うためにしげしげやって来た。「いちにんまえの大工が自分の道具をひとに研がせて申しわけがあるのかい」源六はいつもそう叱《しか》りはしたが、そのあとでは彼らによく職人気質《かたぎ》というものを話して聞かせた、砥石に向って仕事をしながら訥々《とつとつ》とした調子で古い職人たちの逸話を語るとき、老人はいかにも楽しそうだし聴く者にとってもおもしろかった。世間は表裏さだめ難《がた》く人生の転変は暫《しばら》くもうつりやまない。生活はいつも酷薄できびしく些《いささ》かの仮藉《かしやく》もない、*そのあいだにあっていかに彼らが仕事に対する情熱の純粋さを保ったか、いかに自分の良心の誤りなさを信じたか、老人のしずかに語るそういう数かずの例は、聴く者にとってただおもしろいだけではなく、そういう人たちのように生きようということ、どんな苦しいことにも負けずに本当の仕事をしようという気持をよび起こされるのだった。……幸太も庄吉もしばしば来た、幸太は相変らず口が悪くすることも手荒かったが、仕事の腕はもういちにんまえだと云われていた。

「へん腕で来い」そう云って兄弟子たちにも突っかかることが少なくなかった。芝居を見にゆくと花簪とか役者の紋を染めた手拭《てぬぐい》とか半衿《はんえり》*などを買って来て呉れるが、決しておとなしく渡すようなことはない、そっぽを向いて「ほら取りな」などと云いながら投げてよこすのだった、そのくせおとなしい庄吉よりもおせんには彼のほうが近しい感じで、なにか頼んだりするにはいつも幸太ときまっていたのである。

幸太が杉田屋の養子にきまったのは、去年の冬のことだった。かなり派手な披露宴があり、源六やおせんも招かれた、十九という年になっても幸太は幸太らしく、巳之吉と親子の盃《さかずき》をするときには赤くなって神妙にしていたが、酒宴になるともう窮屈に坐《すわ》っているのが耐《たま》らないらしく、膝を崩して注意されたり、しきりに立ったり、また膳の物を遠慮もなく突っついて叱られたりした。それが十三四の頃のいたずらな彼そのままで、おせんは遠くから眺《なが》め乍ら幾たびもくすくすと笑った。……そのとき庄吉はひどく蒼い顔をして、元気のないようすで客の執持《とりもち》*をしていた。おせんは別に気にもとめなかったが、暫く経《た》ってから、養子のはなしは幸太と庄吉の二人のうちということで始まり、結局は幸太にきまったのだと聞いてから、酒宴のときの庄吉の沈んだようすが思いだされてはげしく同情を唆《そそ》られた。

——庄さんのほうがおとなしくって人がらなのに、杉田屋さんではどうして庄さんをご養子にしなかったんでしょう。おせんはそれが不服でもあるように云ったものだ。——どっちでもたいした違いはないのさ、と源六は笑いもせずに答えた。杉田屋の養子になったからといってゆくすえ仕合せとはきまらないし、なり損ねたからって一生うだつがあがらないわけではなかろう。運、不運なんというものは死んでみなければ知れないものさ。

元もと温順な庄吉は、それまでと少しも変らず黙ってよく稼いでいた。もう腕も幸太に負けなかったし、仕事に依《よ》っては彼のほうが上をゆくものもあった。然《しか》しおせんにはそれが幸太と張り合っているように、腕をあげることで意地を立てようとしているようにみえ、いっそう庄吉が孤独な者に思われて哀れだった。……だがいずれにしても、幸太と比べて庄吉のほうが好きだと考えたことなどはなかった、幸太のてきぱきした無遠慮さ、自分を信じきった強い性格はにくいと思っても不愉快ではない。庄吉の控えめなおとなしさ、いつもじっとなにかをがまんしているというようなところはあわれでもあり心を惹《ひ》かれる、二人とも幼な馴染《なじみ》で、どちらにも違った意味の近しさ親しさをもっていたのだ。

「けれどもうそれもおしまいなんだわ」おせんはあまいようなうら悲しい気持でそう呟《つぶや》く、「……庄さんはあたしの待っていることを信じて上方へいったのだもの、違った人情と雨かぜのなかで、あたしと二人のために苦労して稼いで来るのだもの、あたしだって庄さんだけを頼りに待っていなければならないわ、どんなことがあっても」

おせんは自分の心も感情も、庄吉のことでいっぱいだと思う。するとそれがさらに彼のうえを思うさそいとなり、時には胸の切なくなるようなことさえあった。――もう大阪へ着いた頃であろう。宿はきまったかしらん。うまく稼ぎ場の口がみつかるだろうか、もう手紙くらい来てもいい筈だけれど、そんなことを思いつつ秋を送り、やがて季節は冬にはいった。

三

霜月はじめの或《あ》る日、向うの飛脚屋の店にいる権二郎《ごんじろう》という若者が、買い物に出たおせんのあとを追って来て手紙を渡した。「杉田屋にいた庄さんから頼まれてね」と、彼はにやにやしながら云った。

「まあ」おせんはかっと胸が熱くなった。

「……どこで、この手紙どこで頼まれたの」

「大阪でひょっくりぶっつかったんだ、そうしたらこれを内証で、おせんに渡して呉れと云われてね、元気でやっているからってさ」

「そう有難う、済みません」

権二郎はまだなにか云いたそうだったが、おせんは逃げるように彼から離れていった。……山崎屋はさして大きくはないがともかく三度飛脚*で、大阪の取組先*があり若者も五人ばかり使っていた、権二郎はその一人だが、用達《ようたし》には誰よりも早く、十日限《ぎり》、六日限などという期限つきの飛脚は彼の役ときまっているくらいなのに、酒癖が悪くて時どき失敗し、店を逐《お》われてはまた詫《わ》びを入れて戻るという風だった。「どうして庄さんはあんな人に頼んだのかしら」おせんは買い物をして家へ帰るまでそれが気になった、「……また酒にでも酔って、近所の人にでも話されたらどうしよう、そんなことのないようにしては呉れたろうけれど、あの人の酒癖を知っていたらよして呉ればよかった」たぶん遠いところで同じ土地の者に会ったなつかしさと、手紙を内証で渡したさについ頼んだものに違いない。そう考えたものの、おせんにはなにかよくないことが起こりそうに思え、どうしても不安な気持をうち消すことができなかった。

その夜お祖父さんが寝てから、おせんは行燈《あんどん》の火を暗くして手紙を読んだ。それはごく短いものだった。道中なにごともなく大阪へ着いたこと、道修町《どしょうまち》というところの建具屋《たてぐ》*へひとまず草鞋《わらじ》をぬぎ、いまその世話で或る普請場《ふしんば》*へかよっていること、江戸とは違って人情は冷たいが、詰らぬ義理やみえはりがなく、どんなに倹約な暮しでもできることなど簡単に記してあり、終りに「手紙の遣《や》り取りなどすると心がぐらつくから当分は便りをしない。そちらからも呉れるな」ということが書いてあった。おせんは飽きるまで読み返した。もちろん、仮名ばかりだし、云いたいことの半分も表わせない、もどかしさの感じられる筆つきだったが、読むうちに異郷の空の寒ざむとした色がみえ、暗い街筋や橋や、乾いた風の吹きわたる埃立った道などが眼にうかんだ、そしてそういう風景のなかで、知り人もなく友もない彼が、たったひとり道具箱を肩にして道をゆき、どこかの暗い部屋の中でひっそりと冷たい食事をする、そういう姿が哀《かな》しい歌かなにかのように想像されるのであった。

自分では意識しなかったが、その手紙のおせんに与えた印象は決定的だった、突込んで云えばおせんは顔つきまで変った、庄吉を思うそれまでの感情は、十七になった少女のものでしかなかった、現実と夢とのけじめさえ定かならぬ、ほのかな憧憬《あこがれ》に似てあまやかなものだった。然しその手紙を読み遠い見知らぬ土地と、そこでひたむきに稼いでいる彼の姿を想《おも》いやったとき、おせんの感情は情熱のかたちをとりだした、十七歳という年齢はもはや成長して達した頂点ではなく、そこからおんなに繋がる始点というべきものとなったのである。

或る日の午後、杉田屋から源六を呼びに使いが来た、そんなことは絶えてなかったし、用事もはっきりしないので、源六はちょっとゆき渋ったが、追っかけ催促があったのでやむなくでかけていった。……それは夕餉《ゆうげ》のあとだったが、一刻《とき》*ほどすると赤い顔をして帰った。

「あらおよばれだったんですか」

「なにそうでもないんだが」上へあがるとき源六はふらふらした、「……これはひどく酔った」

「たいそうあがったのね、臭*いわ」

「水を貰おうかな」

「床がとってありますから横におなりなさいな」

おせんはお祖父さんを援《たす》けて寝かしながら、老人が自分のほうを見ようとしないのに気づいた。なんとなくおせんの眼を避けているようだった。どうしたのかしら、水を汲《く》んでゆきながらおせんは微《かす》かに不安を感じた。

「済まないもう一杯くんな」源六は湯呑《ゆのみ》の水をたてつづけに三杯もあおった、「……

何百ぺん云っても酔醒《よいざ》めの水はうまいもんだ、若いじぶんまだ酒の味を覚えはじめた頃だったが、酔醒めの水のうまさを味わうために、まだうまくもない酒を呑《の》んだことさえあった」

「ねえお祖父さん」と、おせんは源六の眼をみつめながら云った、「……杉田屋さんではなにか御用でもあったんですか」

「そうなんだ」源六はなにか思案するように、ちょっと間を置いて頷《うなず》いた、それから仰《あお》向《む》けに寝たままで、しずかにこちらへ顔を向けた、「……話というのはな、おせん、正直に云ってしまうが、おまえを嫁に呉れということなんだ」

まあとおせんは打《ぶ》たれでもしたように片手で頰を押えた。源六はそれを見て眉《まゆ》をしかめ、良心の苛責《かしやく》を受ける者のように眼を伏せた。そして重たげに身を起こし、自分で湯呑に水を注いで喉《のど》を鳴らしながら飲んだ。

「それで、お祖父さんは、どう返辞をなすったの」

「おまえには済まないが断わった」

「…………」

「本当に済まないと思う、杉田屋はあれだけの株*だし、幸太はどこに一つ難のない男だ、そればかりじゃあない、杉田屋の御夫婦とおまえとは、乳呑《ちの》み児《ご》のじぶんから馴染だ、おまえはきっと仕合せになるだろう、だがおれにはできなかった、どうにも頼むと云えなかった」源六はそこでぐったりと寝床の上に身を伏せた、「……人間には意地というものがある。貧乏人ほどそいつが強いものだ、なぜかといえば、この世間で貧乏人を支えて呉れるのはそいつだけなんだから、おまえはなにも知らないだろうが、おまえのおっ母《か》さんがまだ生きていた頃のことだ、杉田屋のおかみさんが来て、枕《まくら》もとへ坐って、おまえを養女に貰《もら》いたいと云いだした、そのときお蝶さんはこういうことを云ったそうだ、茂七さんはあんな性質だから、これからさき当てもたいてい知れたものだ、そのうえおまえさんはその病身で、いつどんなことがあるかもわからない、杉田屋へ貰えば着たいものを着せ、喰《た》べたい物を喰べ、観《み》たいものを観せて気楽に育てられる、わが子を仕合せにしたいというのが親の情なら、きっとよろこんでおせんちゃんを養女に呉れる筈だ」

源六はそこまで云ってふと言葉を切った。灰色の薄くなった髪のほつれたのが、行燈の光をうけてきらきらと顫《ふる》えている、苦しかった六十七年の風霜を刻みつけたような皺《しわ》の多い日に焦《や》けた渋色の顔は、そのときの回想の辛《つら》さに歪《ゆが》んだ。

「杉田屋のおかみさんに悪気はなかったろう、けれども聞くほうにはずいぶん辛い言葉だった、というのは、……おまえのおっ母さんという人は、初め杉田屋の頭梁《とうりょう》のところへ嫁にゆく筈だった。けれどおっ母さんは茂七が好きだったので、いったん親たちのきめた縁談を断わって茂七といっしょになった」源六はそこでほっと太息《といき》をついた、「……その頃はうちでも下職《したしょく》*の二人くらいは使っていた。さして余りもしないが不自由な思いをするほどでもなく、好きでいっしょになった夫婦にはまず頃合の暮しだった、やがて頭梁のとこへもお蝶さんが来て、表面は茂七と巳之《みの》さんのつきあいも元どおりになったが、根からさっぱりしたわけではなかったようだ、そして間もなく茂七に悪い運が向いてきた、下職の一人が剃刀《かみそり》を使いそくなって、酔っていたんだな、客の顔に傷をつけてしまった、然《しか》もそれがふりの客*だったし、傷はかなり大きかった。茂七はなんども町役*に呼ばれたり、法外な治療代を取られたりした、くさっていたところへ、こんどは別の下職が箪笥《たんす》の中の物や少しばかり貯《た》めた金を掠《さら》って逃げた……おまえが生れたのはそのじぶんだったが、もともとあまり達者でもなかったおまえのおっ母さんは、お産をしたあとずっと弱くなって、月のうち半分寝たり起きたりしているようになった、客に傷をさせてから店もさびれだし、だんだん暮しが詰っていった。杉田屋のおかみさんがおまえを抱きに来はじめたのはその頃のことだった、お蝶さんは少しまえに、生れて半年足らずの女の児に死なれていた、けれどもおまえを抱いてゆき、着物や帯を買ったり、玩具《おもちゃ》や菓子を呉《く》れたりするのは、ただお蝶さんが膝《ひざ》さみしいというだけのことではなかった、こっちの落ち目になったのを憐《あわ》れむ巳之さんの気持がはたらいていたんだ、……おまえのお父《と》っさんやおっ母《か》さんにとって、それがどんなに辛いことだったかわかるだろう、おっ母さんは巳之さんを断わって茂七といっしょになった、そういう因縁のある相手から、落ち目になって情をかけられるということは、嗤《わら》われるよりも辛い堪《たま》らないものだ、おまえを養女に呉れという相談のとき、お蝶さんの言葉を聞いておまえのおっ母さんはずいぶん、口惜しがって泣いたそうだ」

おせんは胸が詰りそうだった。茂七さんのゆくすえも知れたものだとか、おまえさんは病身でいつどうなるかわからないとか、うちへ来れば着たいものを着、喰べたい物を喰べておもしろ可笑《おか》しく育てられるとか、……恐らく親切から出た言葉だろう、うちとけた狎《な》れた気持で云ったのではあろうが、貧苦のなかで病んでいる者にとっては、然も過去にそういう因縁のある者からすると、おせんにも母や父の辛さ口惜しさがよく察しられた。

「あたしが死んだらすぐあとを貰って下さい。そしてどうかおせんはうちで育てて下さい、杉田屋さんへは、どんなことがあっても遣らないで下さい、おっ母さんはなんどもなんどもそう念を押した、おれもそれを聞いているんだ、おせん、もうおまえも十七だ、これだけ話せば、おれが縁談を断わった気持もわかって呉れるだろう」

「わかってよお祖父さん」おせんは指尖《ゆびさき》で眼を拭《ふ》きながら頷いた、「……そんな話を聞かなくったって、あたし杉田屋へお嫁になんかいかないわ、だって」

「ああわかって呉れればいいんだ、金があって好き勝手な暮しができたとしても、それで仕合せとはきまらないものだ、人間はどっちにしても苦労するようにできているんだから」

四

いろいろなことがわかった。母親が死んだあと、父やお祖父さんが杉田屋へやりたがらなくなったこと、あんなに親しくしていたのに、杉田屋の小父《おじ》さんは決してうちへ来なかったこと、そして父が亡くなるとすぐお祖父さんが店をたたんでこっちへ移転したことなど……これらのなかでいちばんおせんの胸にこたえたのは、「……どんなことがあってもおせんを杉田屋へ遣らないように」という母親の言葉だった。お祖父さんはそれを貧しい者の意地だと云ったが、おせんはそうは考えなかった、杉田屋はおっ母さんが嫁に望まれたのを断わった家だ、自分の選ばなかった人に自分の娘を託すことができるだろうか、意地ではなかった、もっと純粋な女の誇りだったというべきである、おせんには母親の気持が手でさぐるようにわかるのだった。

「お父っさんもおっ母さんもずいぶん苦労したようだ、贅沢《ぜいたく》などということはいちどもできなかったかも知れない、でもお互いに好きあっていっしょになったのだもの、貧乏も苦労もきっと仕がいがあったに違いない、お祖父さんの云うとおりもし人間が苦労するように生れついたものなら、ほんとうに心から好き同志がいっしょになって、互いに、慰めたり励ましたりしながら、つつましく生きてゆける仕合せに越したものはない、おっ母さんが亡くなって四年目にお父っさんも死んだ、そんなにも好き合っていたんだから、お二人ともきっと満足していらっしゃるに違いないわ」

おせんはそれを疑わなかった、なぜなら、彼女もいま人から愛され、自分もその人を愛していたからである。

外へ出るときには、おせんはきまって柳河岸《やなぎがし》を通った。柳はすっかり裸になり、川水は研いだような光を湛《たた》えて、河岸の道にいつも風が吹きわたっていた。おせんはいっとき柳の樹《き》のそばに佇《たたず》む、それはいつか庄吉が肩を凭《もた》せていたあの柳である、すでに何年か昔のようにも思えるし、つい昨日のことのようでもあった、蒼《あお》ざめた庄吉の顔がたそがれの光のなかで顫え、つきつめた烈《はげ》しいまなざしでこっちを見ていた。激してくる情をじっと抑えながら、あたりを憚《はばか》るように囁《ささや》いた言葉の数かず、……庄さん、とおせんは幾たびも口のうちで呼びかけるのだった、あたしたちもお父っさんやおっ母さんのようにきっといっしょになって、二人でどんな苦労にも耐えてゆきましょうね、おせんは待っていてよ、庄さんの帰って来るまでは、どんなことがあってもきっと待っていてよ。

寒さの厳しい年だった。師走《しわす》にはいると昼のうちでも流し元の凍っていることが多く、うっかり野菜などしまい忘れると、ひと晩でばりばりに凍ることが度たびだった。

……杉田屋の幸太がしげしげ店へ来はじめたのは、その頃からのことだ、年が詰ってきたのでほかの職人たちは姿をみせなかったが、幸太はなにか口実をみつけては訪ねて来た。源六はべつに愛相も云わないし冷淡にあしらうこともなく、求められれば気持よくいつものとおり昔ばなしをした。

「そういう風にまっすぐに生きられればいいな」幸太は話を聞きながらよくそう云った、性質のはっきり現われている線の勁《つよ》い彼の顔が、そんなときふと思い沈むように見えることがあった。

「……この頃の職人はなっちゃあいないよ、爺《じい》さん、一日に三匁《もんめ》*とる職人が逆目《さかめ》に鉋《かんな》をかけて恥ずかしいとも思わない、ひどいのになると尺を当てる手間を惜しんで押っ付けて鋸《のこ》*を使うんだ、そのうえ云いぐさが、そんなくそまじめな仕事をしていたら口が干上ってしまうぜ*、こうなんだ」

「それは今にはじまったことじゃあないのさ」と源六は穏やかに笑う、「……どんなに結構な御治世だって、良い仕事をする人間はそうたくさんいるもんじゃあない、たいていはいま幸さんの云ったような者ばかりなんだ、それで済んでゆくんだからな、けれどもどこかにほんとうに良い仕事をする人間はいるんだ、いつの世にも、どこかにそういう人間がいて、見えないところで、世の中の楔《くさび》になっている、それでいいんだよ、たとえば三十年ばかりまえのことだったが……」

こうしてまた昔語りが始まるのだった。

幸太が来ているとき、おせんはなるべく店へ出ないようにした。偶《たま》に顔が合うと、幸太はきまって眼で笑いかけた。粗暴な向う気の強い彼には珍しく、おとなしいというよりはなにか乞い求めるような表情だった。あの人はなにか考えているのだろう、お祖父さんがはっきり断わったというのに、まだあたしのことをなんとか思っているのかしら、……おせんは彼のそういう眼つきが不愉快で、いつもすげなく顔をそむけ、さっさと台所のほうへ去って来るのだが、幸太はそれで気を悪くするようすもなく、殆《ほと》んど三日にあげずやって来ては話しこんでいった。

おせんはその前の年の春から、午《ひる》まえだけお針の稽古《けいこ》にかよっていた。そこは大通りを越した福井町《ふくいちょう》の裏にあり、お師匠さんはよねという五十あまりの後家《ごけ》で、教えるのは嫁入り前の娘にかぎられていた。おせんは無口でもあり、家も貧しかったから、そこではかくべつ親しくする者もなかった。出入りの挨拶《あいさつ》をするほかは世間ばなしにも加わらず、たいてい隅のほうに独りで坐《すわ》っていた。娘たちもしいて馴染《なじ》もうとはしなかったが、そのなかで天王町《てんのうちょう》のほうから来るおもんという娘だけは、しきりにおせんに近づきたがった。家は油屋だそうで、年は同じ十七だった、丸顔の色は黒かったが、眼と唇のいつも笑っているような、明るい人なつっこい性質である。……その月の半ばも過ぎた或《あ》る日、稽古をしまって帰ろうとすると、おもんが追って来てそこまでいっしょにゆこうと云った。

「だって道がまるで違うじゃないの」

「いいのよまわり道をするから」おもんは肩をすり寄せるようにした、「……ちょっとあんたに話があるの」

おせんは身を離すようにして相手を見た、おもんはなにか気がかりなことでもあるように、じっとこちらを見かえしながら「あんた杉田屋の幸太さんという人を知っていて」と云いだした。おせんは思いがけない人の名が出たので、なにを云われるかとちょっと不安になった。

「知っていてよ、それがどうかしたの」

「あんたがその人のお嫁さんになるのだって、みんながその噂《うわさ》ばかりしているのだけれど」

「嘘《うそ》だわそんなこと」おせんは相手がびっくりするような強い調子で云った、「……誰が云ったか知らないけれどそんなこと嘘よ、根も葉もないことだわおもんちゃん」

「でも幸太さんという人は毎日あんたの家《うち》へ入り浸りになっているというのよ、そしてもっとひどいことを……あたしの口では云えないようなことさえ噂になっていてよ」

「いったい誰が」おせんはからだが震えてきた、「……そんなひどいことを、いったい誰が云いだしたの」

「元は知らないけど、あんたの家の前にいる人が見ていたっていうことだわ、でも嘘だわねえおせんちゃん、あたしはそんなこと嘘だと思ったわ、おせんちゃんに限ってそんなことがある筈《はず》はないんですもの、あたしだけは信じていてよ」

飛脚屋の者から出た噂だ、おせんはすぐにそう思った。山崎屋の主婦はおしゃべりで、いつも店先には近所のおかみさんや暇な男たちが集まる、お祖父さんがそれを嫌ってつきあわないため、常づねずいぶん意地の悪いことをされていた、その店からは斜《はす》かいにこちらが見えるので、幸太が話しに来るのをいつも見ていたのに違いない。そしてもしかすると、杉田屋から縁談のあったことも知っているのかもしれなかった。……おもんに別れて家へ帰ると、彼女はすぐお祖父さんにその話をした。そしてこれからもう幸太の来ないようにはっきり断わって貰いたいとたのんだ。

「人の口に戸は立てられないというのはつまりこういうことなのさ」源六は研いでいた剃刀の刃を、拇指《おやゆび》の腹で当ってみながらそう云った、「……どんなに身を慎んでも、悪口の立つときは立つものだ、幸さんが来なくなれば来なくなったでまた悪口の種になる、そんなことは気にしないでうっちゃっとくがいいんだ、一年も経てばしぜんとわかってくるよ」

「おじいさんはそれでいいだろうけれど、あたしそんな噂をされるのは厭《いや》よ」いつにも似ずおせんは烈しくかぶりを振った、「……ほかの悪口とは違うんですもの、こんなことが弘《ひろ》まったらあたし恥ずかしくって外へも出られやあしないわ」

「いいよいいよ、そんなに厭ならそのうち折をみて断わるよ、いきなり来るなとも云えないからな、まあもう少し眼をつぶっていな」

然《しか》しそれから数日して、赤穂浪士《あこうろうし》の吉良家《きらけ》討入という出来事が起こり、どこもかしこもその評判でもちきったまま年が暮れた。

正月には度たび杉田屋から迎えがあった。けれど縁談を断わったあとでもあり、これからのこともあるので、源六もおせんもゆかずにいると、四日の夕方になって幸太が松造《まつぞう》という職人といっしょに、酒肴《さけさかな》の遣い物を届けに来た。義理にもそのままは帰せなかった、上へあげて膳拵《ぜんごしら》え*をすると、もう少し呑《の》んでいるらしい幸太は、源六と差向いになって盃《さかずき》を取った。ほかの日ではないので、おせんも燗徳利《かんどくり》を持って膳のそばに坐り、浮かない気持で二人に酌をした。……幸太はしきりに思い出ばなしをした、杉田屋へはじめて住込んだ頃から、十五六じぶんまでのことを、おせんなどすっかり忘れていて、云われてびっくりするようなことも多かった。このあいだにかなり盃を重ねて酔ったのだろう、源六はふと調子を改めてこう云いだした。

「なあ幸さん、こんな時に云いだすことじゃあないが、いつか頭梁からおせんのことに就いて話があったとき、わけを云って断わったのはおまえさんもたぶん知っているだろう、無いまえならいいが、あんなことがあったあとではお互いに気まずくっていけない、済まないがこれからはあまり来て呉れないようにたのみたいんだがな」
「悲しいことを聞くなあ」幸太も酔っていたらしいが、ぎくっとしたようすで坐り直した、「……断わられたのは知っているよ、まだおせんちゃんが若すぎるということ、爺さんがおせんちゃんにかかる*積りだからということ、ああたしかに聞いているよ、けれども、それは、……それは、それとこれとは違うんだ」
「どう違うと云うんだね」
「おれは十三で杉田屋へ来た、おせんちゃんとはそのときからの馴染なんだ、爺さんとだって、今さらのつきあいじゃあない、なにも縁談が纏《まと》まらなかったからって、つきあいまで断わるということはないと思う、そいつは、あんまりだぜ爺さん」
「つきあいを断わるなんということじゃないのさ、なにしろこっちはこの老ぼれと娘だけの暮しだ、そこへ若頭梁がしげしげ来るというのは人眼につくし、ひょんな噂でも立つと杉田屋さんへおれが申しわけがないからな」
「ひょんな噂か……」幸太はぐらっと頭を垂れた、「……そうだ噂なんか構わないとは、おれに云えることじゃあない、世間なんてものは、平気で人を生かしも殺しもするからな、わかったよ爺さん」
「悪くとって呉れちゃあ困るぜ幸さん、おまえだって杉田屋の名跡《みょうせき》を継ぐ大事なからだ、嫁でも取って身が固まったら、また元どおり来て貰いたいんだ、ゆくさきおせんのためにも、ちからになって呉れるのは幸さんだからな」

「遠のくよ、爺さん」幸太は頭を垂れたまま独り言のように云った、「……悪い噂なんぞ立っちゃあ済まないからな」

「それでいいんだ、そこでまあ一杯いこう、おせん酒が冷えているぜ」

なんというしっこし*のない幸さんだろう、おせんはこの問答を聞いて歯痒《はがゆ》くなった。もっとてきぱきした男だった。向っ気の強い代りにはわかりも早く、諄《くど》いところなどは薬ほども*ない人だったのに、「……どうかしているんだわ」酒の燗を直しながら、おせんは苛《いら》いらしい気持でそう呟《つぶや》いた。……幸太はそれから半刻《はんとき》*あまりして帰った、ひどく酔って、草履を穿《は》くのに足がきまらないくらいだった。彼が外へ出て二三間《けん》いったとき、

「おや若頭梁じゃあありませんか」という声がした、「……たいそういいきげんで御妾宅《しょうたく》のお帰りですか、偶《たま》にはあやからして呉れてもようござんすぜ」

「聞いた風なことを云うな、誰だ」幸太の高ごえが更《ふ》けた横丁に大きく反響した、

「……なんだ権二郎か、つまらねえ顔をしてこんなところになんだって突っ立ってるんだ、呑みたければ呑ましてやるからいっしょに来な」

「そうくるだろうと待ってました、ひとつ北へでもお供をしようじゃあありません

「うわごとを云うな、来いというのは大川端だ、おまえなんぞは隅田川の水が柄《がら》相応だぜ、たっぷり呑ませてやるからついて来な」

「若頭梁は口が悪くっていけねえ」

話しごえはそのまま遠のいていった。おせんは雨戸を閉めようとしてこれだけのやりとりを聞いたが、権二郎という名とその卑《いや》しげな声とが、いつまでも耳について離れなかった。

五

酔ってした約束なのでどうかと思っていたが、幸太はそれから遠のきはじめ、たまに来てもちょっと立ち話をするくらいで、すぐに帰ってゆくようになった。

二月になって赤穂浪士たちに切腹の沙汰《さた》があった。去年からひき続いての評判が、もういちど、江戸の街巷《まちまち》をわきたたせ、春の終るころまで瓦版《かわらばん》や、絵入りの小冊子類がいろいろと出た。おせんもその二三種を買い、仮名を拾いながら読んでみたが、どれもこれも公儀*を憚って時代や人名を変えてあるし、まるっきり作りごとのようで、心をうつものは無かった。……こうして夏になった、六月はじめの或る日、お針の稽古を終って帰って来ると、源六が昼食《ちゅうじき》のしたくをして待っていた。

「さっき状がまわって来て、きょう茶屋町《ちゃやまち》の伊賀屋《いがや》でなかまの寄合《よりあい》*があるというんだ、飯をたべたらちょっといって来るからな」

「帰りはおそくなるんですか」

「ながくったって昏《く》れるまでには帰れるだろう、台所に泥鰌《どじょう》が買ってあるから、晩飯にはあれで味噌汁《みそしる》を拵えておいて呉んな」

「あら泥鰌があったんですか、それじゃあお酒も買っておきましょうね」

「酒は寄合で出るだろうが」

「でも初ものだから無くっては淋《さび》しいでしょう」

話しながら食事を終ると、源六は着替えをして出ていった。久しぶりで店があいたので、おせんは一刻もかかって掃除をし、床板の隅ずみまで丹念に拭《ふ》きあげた。それから酒を買って来て、火をおこし、笹《ささ》がき牛蒡《ごぼう》を作って泥鰌を鍋《なべ》に入れ、酒で酔わせて、味噌汁にしかけてから、坐って縫物をとりひろげた。……昼のうちは風があって凌《しの》ぎよかったが、日の傾きだす頃からぱったりと風がおち、昏れかかると共にひどく蒸しはじめた。

「お祖父さんのおそいこと」手許《てもと》が暗くなりだしたので、おせんはそう呟きながら縫物を片づけ、膳立てをするために立った。汁のかげんはちょうどよかった、いちど下ろして、燗をする湯を掛け、漬物を出した。もう帰りそうなものだと思いながら、足音のするたびに勝手口の簾《すだれ》を透かして見た、然しすっかり昏れて行燈《あんどん》の火をいれても源六の帰るようすはなかった、「……どうかしたのかしら、少しおそすぎるわね」すっかり支度のできた膳を前にして、おせんはふと、もの淋しい気持におそわれた。……大川端の茶店には、もう涼み客が出はじめたのであろう、時どき三味線の音《ね》や、人のざわめきが遠く聞えてくる、そのもの音の遠さと賑《にぎ》やかさは、まるで過去からの呼びごえのように遥《はる》かで、夏の宵の侘《わび》しさをいっそう際《きわ》だてるように思えた。

「そこだそこだ、その障子《しょうじ》の立てて*ある家がそうだ」

　とつぜん表のほうでそういう声がした。

「……いま明けるからそのまま入れよう、しずかにしずかに」

　そして誰かが店の障子を明けた。おせんは不吉な予感にぎょっとしながら立った。入って来たのは同じ研屋なかまの久造《きゅうぞう》という人だった。おせんの眼はその人よりも、そのうしろに四五人の男たちが、蔽《おお》いを掛けた戸板を担《かつ》いでいるのを見た、そして思わずあっと叫びごえをあげた。

「騒いじゃあいかねえおせんちゃん」久造は両手で彼女を押えるようにした、「……たいしたことはないんだ、ちっとばかり酒が過ぎて立ちくらみがしただけなんだ、もう医者にもみせたしなにしてあるんだから、心配しないでとにかく先《ま》ず寝床をとって呉んな」

おせんは返辞もできず、なかば、夢中ですぐに寝床を敷いた。久造が指図をして、男たちは上まで戸板を舁《かつ》ぎあげ、まるで意識のない源六を床の上へ寝かした。……久造はその枕許《まくらもと》へ坐ったがおちつかぬようすで、汗を拭き拭き始終を語った、源六は寄合の席へ来たときから顔色が悪かった、酒が出てからもどこやら沈んだようすをしているので、たぶん暑気に中《あた》ったのだろうから熱燗で一杯やるがいいとすすめ、自分でもその気になって呑みだした。それから少し元気が出て、みんなと話しながらかなり呑んだが、やがて手洗いに立とうとしていきなりどしんと倒れてしまった。

「そう巌丈《がんじょう》な軀《からだ》でもないのだが、人間の倒れる音というものは大きなもので、階下《した》からもびっくりして人が駆け上って来たくらいだ、みんなで呼び起こしたが、大きな鼾《いびき》をかくばかりで返辞がない、とにかく頭を冷やしながら医者に来て貰った」久造はそこでまた忙しげに汗を拭いた、「……医者はいろいろ診たが、ごく軽い卒中だから案ずることはない、じっとして静かに寝ていればすぐ治るだろう、こう云って薬を置いて帰った、そういうわけなんだから決して心配することはない、わかったなおせんちゃん、決してよけいな心配はしなさんなよ」

おせんは乾いてくる唇を舐《な》め舐め、黙って頷《うなず》きながら聞いていた。そして彼らが薬を置いて去るときも、

「色いろおせわさまでした」

と云うだけが精いっぱいだった。……源六は微《かす》かに鼾をかきながら眠っていた、そっとして置くようにと云われたので、呼び起こしたいのをがまんしながら、おせんはじっと枕許に坐っていた。ほんとうに病気は軽いのだろうか、もしやこのままになってしまうのではなかろうか、たとえ死なないでも、卒中といえば寝たきりになることが多いという、そんなことになったらどうしよう、どうして暮していったらいいだろうか。幾たび考えても同じことを、おせんは繰り返し考え続けるのだった。然しやがて食事をしていないことに気づき、朝まで寝られないのだからと、しずかに立って膳に向ってみた。もちろん喰《た》べられはしなかった。鍋の蓋《ふた》をとって、泥鰌汁を掬《すく》おうとすると、昼間の元気なお祖父さんの姿が思いだされ、胸がいっぱいになってとうとう泣きだしてしまった。

明くる日は朝から見舞い客が来た。食事拵えや茶の接待は近所の人びとがして呉れた、そのなかでも、すぐ裏にいる魚屋のおらくという女房がいちばん手まめ*で、まるで自分の家のことのように気をいれて働いて呉れた。夜どおし寝なかったおせんは、午《ひる》すぎになるとさすがに疲れが出た、みんなもすすめるし自分でも堪《たま》らなくなったので、隅のほうへ夜具を敷いて横になったが、すぐに熟睡して眼がさめたときはもう昏れかけていた。

「眼がおさめかい」膳拵えをしていたおらくが、立ちながらそう云った、「……つい今しがたおもんさんという娘が見舞いに来て呉れたけれど、あんまりよく眠っておいでだから帰って貰いましたよ」

「おもんちゃんが、どこで聞いたのかしら」

「また明日来ますとさ、それから晩の支度はここにできているからね、お湯もすぐ沸くからおあがんなさいよ、あたしはちょっと家のほうを片づけて来ますからね」

そう云っておらくは帰っていった。

空腹ではあったが食欲はなかった、ほんのまねごとのように箸《はし》を取っただけで、あと片づけをしていると杉田屋からお蝶が来た。こっちへ越して来てから数えるほどしか会っていない、ずいぶん久しぶりだったし、こころ淋しいときだったので、とびついてゆきたいほど懐《なつ》かしかった。けれども、すぐにお祖父さんから聞いた話を思いだし、つとめてあたりまえなさりげない挨拶《あいさつ》をした。お蝶のほうでも縁談のことなどが胸に閊《つか》えているのだろう、昔ほどには親しいようすをみせず、ほんの暫《しばら》くいたきりで、見舞いの包を置いて帰った。……おらくは夕食を済ませてもういちど来たが、客もなし用事もみつからないので、茶を一杯すすると間もなく去り、おせんはようやく一人になった。

源六の容態は少しも変らなかった。意識がないので薬の飲ませようもなくただ濡《ぬ》れ手拭《てぬぐい》で頭を冷やすほかにはなにも手当のしようがなかった。午後から熟睡したので、幾らか気持はおちついてきたが、一人になって、昏々《こんこん》と眠っているお祖父さんの顔を見ていると、かなしさ心ぼそさが犇《ひし》ひしと胸をしめつけ、身もだえをしたいほど息苦しくなった。

「庄さん」おせんは小さな声で、西の方を見やりながらそう囁《ささや》いた、「……あなたはなんにも知らないのね、なんにも、あたしどうしたらいいの、お医者にもかからなければならないし、薬も買わなければならないし、これからどうして生きていったらいいのかしら、庄さん、おまえが今ここにいてお呉れだったらねえ」

庄吉はあのように自分を想《おも》っていて呉れた。近いところにいたらすぐ駆けつけて、どんなにもちからになって呉れるだろう、だが大阪では知らせてやることもできず、知らせたところで来て貰うわけにもいかない。おせんにはそれが、自分の運命を暗示するもののように感じられた。自分がふしあわせな生れつきで、これからもだんだん不幸になり、いつも泣いたり苦しんだりしながら、寂しいはかない一生をおくるのだ、そういう風に思えてならなかった。……そうだ。十八になる今日まで、ほんとうに楽しいと思うことが一度でもあったろうか、いつもしんと病床に寝ていた母、むっつりとふきげんな眼をして溜息《ためいき》ばかりついていた父、客の少ない、がらんとした埃《ほこり》っぽい店、張《はり》もなく明日への希望もなく、ただその日その日の窮乏に追われていた生活、父母に死なれて中通りへ移って来てからも、祖父と二人の暮しは苦しかった、同い年のよその娘たちが、人形あそびや毬《まり》つきに興じているとき、おせんは米を洗い釜戸《かまど》の火を焚《た》いた、朝早くまだ暗いうちに豆腐屋へ走り、雨に濡れながら、研ぎ物を届けにいった。幼いころ杉田屋でして貰ったきり、着物や帯はもちろん簪《かんざし》ひとつ新しく買ったことはない、然《しか》もそんなことを考えるいとまもないほど、時間のないつましい生活を続けて来たのだ。もちろんそのことをそれほど辛《つら》いとか苦しいとか考えていたわけではない、そういう日々のなかにも、それはそれなりに楽しみも歓《よろこ》びもあった。人はたいていな環境に順応するものなのだから、……然しいまふり返って思いなおすと、それがどんなに慰めのない困難な暗いものだったかということがわかるのであった、そして幾ら思いさぐってみても、そこには将来に希望をつなぐことのできる一つの萌芽《ほうが》さえみつけることはできない、なにもかもが不幸と悲しみを予告するように思えるのだった。

「庄さん、あんただけがたのみよ」おせんはとり縋《すが》るような気持でそう呟いた、「……どうしていいかまだわからないけれど、でもあんたが帰るまでは、どんなにしてもやってゆくわ、だからあんたも忘れないでね、きっとここへ帰って来てね、庄さん」

六

源六はその翌日ようやく意識をとり戻した。四日めには口もきくようになったが、舌がもつれて言葉がよくわからなかった、眼から絶えず涙がながれ、涎《よだれ》ですぐ枕が濡れた。医者はたいしたことはないと繰り返していたが、左の半身が殆《ほと》んど動かせないし、頭のはたらきも鈍っていた。涙や涎は病気のためだろうが、そればかりではなく、源六はおせんを見るとすぐに泣いた、そして舌の硬《こわ》ばったひどくもつれる言葉でしきりになにか云おうとする、はじめはなにを云うのかわからなかったが、よく気をつけて聞くとおせんを哀れがっているのだった。

「可哀《かわい》そうにな、おせん可哀そうにな」

「わかったわお祖父さん」と、おせんは、祖父に笑ってみせた、「……でも大丈夫よ、お祖父さんはすぐ治るの、いつもお医者さまがそう云うのを聞いているでしょう、そんなに心配することはないわ、これまで休みなしに働いてきたんですもの、湯治《とうじ》*でもしている積りでのんきに寝ていらっしゃるがいいわ、あたしちっとも可哀そうでなんかないんだから」

「ああ、おれにはわかってるんだ」聞きとりにくい言葉つきで源六はこう云った、「……おせん、おれにはわかってるんだよ、すっかり眼に見えるようなんだ、可哀そうにな」

云わないで、お祖父さん、おせんはそう叫びたかった、抱きついていっしょにこえかぎり泣きたかった、そうすることができたら幾らか胸が軽くなるだろうに、……けれども泣いてはいけなかった、そんなことをしたら、お祖父さんは気落ちがしてしまって、病気も悪くなるに違いないから。おせんは笑ってみせなければならない、心配そうな顔をしてもいけなかったのだ。

見舞いに来る客も、段だん少なくなり、魚屋の女房のほかは、近所の人たちもあまり顔をみせなくなった。或《あ》る日の午さがり、おらくが来て「きょうは桃の湯*がたったからはいっておいでな」とすすめた、いつかもう土用になっていたのだ、暫く風呂《ふろ》へゆかないで、からだが汗臭かったし、できたら髪も洗いたかったので、おらくにあとを頼んでおせんは風呂へいった。……六月土用の桃葉の湯は、端午《たんご》の菖蒲湯《しょうぶゆ》、冬至《とうじ》の柚子湯《ゆずゆ》とともに待たれているものなので、とうてい髪を洗うことなどはできなかったが、汗をながして出ると身が軽くなったようにさばさばとした。

「ただいま、おばさん有難う」

そう云いながら勝手口からはいった、返辞がないので、風呂道具を片づけて覗《のぞ》いてみると、おらくの姿はみえず、源六の枕許には幸太が坐っていた。おせんはどきっとして、立止った。幸太はしずかにふり返った。

「近所の人の家から迎えが来てさっき帰っていったよ」彼はなんとなく冷やかな調子でそう云った、「……留守を頼まれたものだからね」

「済みません、有難うございました」

「もっと早く来る積りだったんだが、手放せない仕事があったもんでね……たいへんだったな、おせんちゃん」

「ええあんまり思いがけなくって」

「でもまあお爺《じい》さんのほうはもうたいしたことはないようだから、そいつはさほど心配しなくてもいいだろうけれど、このままじゃあおせんちゃんが堪らないな、なんとか考えなくっちゃあいけないと思うんだが」

「いいえあたしは大丈夫ですよ」おせんは煎《せん》じ薬のかげんをみながら、かなりきっぱりした口ぶりで云った、「……お祖父さんだってそんなに手が掛るわけじゃあないし、近所の人たちが、よくみに来て呉《く》れるのですもの、ちっともたいへんでなんかありゃあしません」

「それも十日や二十日はいいだろうがね」

幸太はもっとなにか云いたそうだったが、おせんのようすがあまりきっぱりしているので口を噤《つぐ》み、間もなく見舞いの物を置いて帰っていった。……それをきっかけのように幸太はまたしばしば来はじめた、「中風《ちゅうぶう》*によく利く薬があったから」とか「少しばかりだがこれを喰べさせてやって呉れ」とか云いながら、そして源六に薬を飲ませたり、額の濡れ手拭を絞りなおしたり、時には足をさすったりした。

「なにか不自由なものがあったら、遠慮なくそう云って呉んな」幸太は帰りがけにきまってこう云った、「……困るときはお互いさまだ、おれにできることならよろこんでさせて貰うからな、ほんとうに遠慮はいらないんだぜ」

「ええ有難う」

おせんはそう答えるが、伏し眼になった姿勢はそういう好意を受ける気持のないことを頑《かたく》なほど表明していた。……そうなのだ、幸太の言葉を聞きながら、おせんは心のうちで庄吉に呼びかけていた。おれがいなくなればきっと幸太は云い寄るだろう、あれもおまえを思っているんだから、そう云い遺《のこ》していったことが改めて思いだされた、縁談を断わられてももう来て呉れるなと云われても、こうしてがまん強くやって来るのはあたりまえの好意ではない。そしてなに事もないときならいいが、こういうせっぱ詰った苦しい場合に、そのように根づよい態度で迫られては、どんな隙《すき》へどのようにつけ込まれるかわからない。操《みさお》を守ろうとするおんなの本能が、そのときはじめておせんをちからづよく立直らせた。

――そうだ、幸太さんに限らず誰の世話にもなってはいけない、近所の洗濯や使い走りをしても、お祖父さんと二人くらいはやってゆける筈だ、世間にためしのないことではないのだから。

そう決心するとさばさばした気持になった。そしてそのつぎに幸太が来たとき、はっきりとけじめをつけた口ぶりで、これからはもう来て貰っては困ると云った。それは雨もよい*の宵のことで、湿気のある風が軒の風鈴を鳴らし、戸口に垂れてある簾《すだれ》を揺すって、部屋の中まで吹き入ってきた、源六はここちよさそうに眠っていた。

「そんなにおれが嫌いなのか」幸太は暫く、黙っていたのち、なにか挑みかかるような眼でこっちを見た、「……おれのどこがそんなに気に入らないんだ、おれはおためごかしや*恩に衣《き》せる積りでよけいなおせっかいをするんじゃあないぜ、おまえとも爺さんとも幼な馴染《なじみ》だ、ことにおまえとはこんなじぶんから知り合って、おれにとっては……まったく、他人のような気持はしないんだ、そうでなくったって、こんな場合には助け合うのが人情じゃあないか、どうしてそれがいけないんだ、おせんちゃん」

「よくわかっているわ、でも幸さん、あんた覚えていないかしら、お正月あんたが家へ来て帰るとき、表で山崎屋の権二郎さんに会ったでしょう」

「山崎屋の権に、……そうだったかも知れない、だがもうよく覚えていないよ」

「あたしは覚えているわ、そして、一生忘れられないと思うの」おせんはこみあげてくる怒りを押えながらそう云った、「……あのとき権二郎さんは、あんたの顔を見てこう云ってよ、若頭梁《わかとうりょう》いまごろ妾宅《しょうたく》のお帰りですかって」

「冗談じゃあない、あんな酔っぱらいの寝言を、そんなまじめに聞く者があるものか」

「それならよそでも聞いてごらんなさい、世間にはもっとひどいことさえ伝わっているのよ、あんたは男だから、そんな噂《うわさ》もみえの一つかも知れないけれど、おんなのあたしには一生の瑾《きず》にもなりかねないことよ」

「おれはなんにも知らなかった」幸太は頭を垂れ、またながいこと黙っていた、それからこんどはまるで精のぬけたような声で、吃《ども》り吃りこう続けた、「……そんな噂は、まったく聞いたこともない。そして、それがおせんちゃんには、そんなに迷惑だったんだな」

「考えてみて頂戴、これまでもそうだったけれど、こんなになったお祖父さんを抱えてやってゆくとすれば、これからはよっぽど身を慎まないかぎり、どんな情けないことを云われるかわからないじゃないの」

「そいつをきれいにする方法はあるんだ、おせんちゃん、おまえさえその気になって呉れれば」

「それはもうはっきりしている筈だわ」

「おれが改めて、おれの口から、たのむと云っても、だめだろうか」幸太の眼は忿《いか》りを帯びたように鋭く光った、「……おれは本気なんだ。口がへただからうまく云えないが、もしおせんちゃんが望むなら、おれはこれからどんなにでも」

「あたしにこれ以上いやなことを云わせないで、幸さん、それだけがお願いよ、どうぞおせんを、可哀そうだと思って頂戴」

「おまえを可哀そうだと思えって」とつぜんまったくとつぜん幸太は蒼《あお》くなった。そして、ふしぎなものでも見るように、まじまじとおせんの顔を見つめていたが、やがて慄然《りつぜん》*としたように身を震わせた、「……おせんちゃん、おまえもう誰か、誰かほかに、――ああそうだったのか」

おせんは頷いた、自分でもびっくりするほどの勇気を以《もっ》て、しずかに、むしろ誇りかに頷いた、そして立っていって、二つの紙包を持って来て、幸太の前へさしだした。それはお蝶と幸太の持って来た見舞いの金である。菓子や薬はとにかく、金に手をつけてはいけないと思い、そのまま納《しま》って置いたものだった。

「ほかの物はうれしく頂きました、でもお金だけは頂けませんから、おばさんにもどうぞ気を悪くなさらないようにと云って下さいな」

「……あばよ」幸太は二つの包を持って立った、「あばよ、おせんちゃん」

そして出ていった。

明くる日、おせんは裏の魚屋の女房に来て貰って、これからなにをしていったらいいかということを相談した。おらくは笑って、だってあんたには、杉田屋という後ろ盾がついているじゃあないか、なにもそんな心配をしなくったって困るようなことはありゃしないよ、と云った。もちろん悪気などは少しもない女で、ごく単純にそう信じていたものらしい、おせんがあらまし事情を話すとすぐ納得した。

「そうだったのかい、あたしはまた杉田屋さんでなにもかもして呉れるんだと思って安心していたのだよ、それじゃあなんとか考えなくちゃあいけないね」
「どんな苦労でもするわ、おばさん、あたしよりもっと小さい子だって、もっともっと辛い気の毒な身の上の人がいるんだもの、十八にもなったんだから、たいていのことはやってゆけると思うの」
「そうともさ、人間そう心をきめればずいぶんできない事もやれるものだよ、けれどもなにごとも取付《とつつき》が肝心だから、途中でいけなかったなんていうことになると虻蜂《あぶはち》とらずだからね、あたしもよく考えてみて、それからもういちど相談しようよ」おらくはこう云って、そのときは帰っていった、「……なにが野なかの一軒家じゃなし、近所だって黙って見ちゃあいないからね、決して心配おしでないよ」

七

おせんは足袋のこはぜかがり*を始めた。お針の師匠にも話してみたのだが、まだ賃縫いをするには無理だというし、洗濯や使い走りでは幾らのものにもならない。結局おらくの捜してきて呉れたのがその仕事だった。その頃はまだ足袋は多く紐《ひも》で結んだものだったが、上方《かみがた》のほうで仕出したこはぜが穿《は》き脱ぎに手軽なのと穿いたかたちが緊《し》まるのとでその年の春あたりから江戸でも少しずつ用いはじめていた。まだ流行するまでにはなっていないので、仕事の数はそうたくさんはないが、手間賃がかなりよかったし、家にいてできることがなによりだった。足袋は革と木綿と二種あった。木綿は近年ひろまりだしたもので、穿きぐあいも恰好《かっこう》なのだが、木綿よりは丈夫であり温かいので、一般にはまだ革を用いることが旺《さか》んだった。おせんの受取る仕事も、革のほうがむつかしかった。なにしろ熊の皮を鞣《なめ》して、型を置いたり染めたりしたものなので、針が通りにくく、すぐ指を傷つけたり針を折ったりする。然《しか》しそれだけ手間賃も高いから、馴《な》れてくれば革足袋のほうが稼ぎが多くやり甲斐《がい》があった。

七月のなかば頃から源六はぼつぼつ起きはじめた。左の半身はやっぱり不自由で、手も足も、そっちだけは満足に動かせず、舌のもつれもなかなかとれなかった。十五日の中元*には荷葉飯《かようめし》*を炊《た》き、刺し鯖《さば》*を付けるのが習わしである、おせんも久しぶりに庖丁《ほうちょう》を持って鯖を作り、膳《ぜん》には酒をつけた。医者から量さえ過さなければ呑《の》むほうがよいと云われていたのだが、源六は要心ぶかくなって、それまで盃《さかずき》を手にしなかったのである。

「久しいもんだが、はらわたへしみとおるようだ」源六はうっとりと眼を細くしながら云った、「……ほんとうに毒でなければ、これから少しずつやってみるかな、なんだか身内にぐっと精がつくようだ」

「お医者さまがそう云うんですもの、それはあがるほうがよくってよ」

「だがなにしろこんなからだで酒を呑むなんぞは、それこそ罰が当るというもんだからな、みんなおまえの苦労になるんだから」

「いやだわ、また同じことを」

「おまえに礼を云うんじゃあない、自分が仕合せだということを云いたいんだ、子にかかる親はざらにあるが、こうして孫にかかれる者は世間にもそうたくさん有るわけじゃあない、然《しか》もまだ十八やそこらの娘になにもかもおっかぶせて、こうして気楽に養生ができるということはたいへんなもんなんだ、まったくたいへんなもんなんだ、おれは、そいつが嬉しいんだ」病気からなみだ脆《もろ》くなっていた源六は、もうぽろぽろと大きな涙をこぼしていた、「……おれはおまえになんにもしてやらなかった。十三や十四から飯を炊かせたり肴《さかな》を作らせたり、使い走りをさせたりしただけだ、帯ひと筋、いや簪《かんざし》一本買ってやったことがなかった、ところがおまえはむすめの手内職*で、おれを医者にもかけ薬も買って呉れる、おれが好きだと思う物は、そう云わなくとも膳へのっけて呉れる、諄《くど》いようだが礼を云うんじゃあないぜ、おれは、来年はもう六十九だ、この年になって、はじめておれはおんなというものがわかった、おまえのして呉れることを見て、はじめておんなの有難さというものがわかったんだ、男のおれにできないことを、まだ十八のおまえがりっぱにやってのける、それはおまえがおんなだからだ、ああおせん、おれはこれが四十年むかしにわかっていたらと思うよ」

四十年むかしといえばまだ生きていたお祖母《ばあ》さんのことを云うのではなかろうか、おせんはお祖母さんのことはなに一つ聞いていない。父も母もそのことはついぞ口にしなかった。そこにはなにか事情があったに違いない、そして今源六は悔恨にうたれている、どんな事情かわからないけれど、おんなというものの有難さをその頃に知っていたら、そう云う言葉の中《うち》には、なにかとり返し難い後悔の思いが感じられるのだった。

「人間は調子のいいときは、自分のことしか考えないものだ」源六は涙をながれるままにしてそう続けた、「……自分に不運がまわってきて、人にも世間にも捨てられ、その日その日の苦労をするようになると、はじめて他人のことも考え、見るもの聞くものが身にしみるようになる、だがもうどうしようもない、花は散ってしまったし、水は流れていってしまったんだ、なに一つとり返しはつきあしない、ばかなもんだ、ほんとうに人間なんてばかなものだ」

「もうたくさんよお祖父さん、そんなに気を疲らせては病気に悪いわ、過ぎたことは過ぎたことじゃないの、それよりこれから先のことを考えましょう、あせらずゆっくり養生すれば、お祖父さんだってまた仕事ができるようになってよ、二人で稼げば暮しだって楽になるし、ときにはいっしょに見物あるきだってできるわ、今年は忘れずに染井《そめい》の菊を見にいきましょうよ」

「ああそうしよう、おせん、見せる見せるといって、ずいぶん前から約束ばかりしていたからな、そうだ今年こそきっと見にいこう」

けれども菊見にはゆけなかった。悪くはならないが、左半身がいつまでもはっきりせず、とうてい遠あるきなどできなかったから、……利くという薬はできる限り試してみた、加持《かじ》も祈禱《きとう》もして貰った、「夏に出た中風は霜がくれば治るものだ」そう云う人が多いので、おせんも源六もひそかにそれを楽しみにしていたが、霜月がきてもそんなようすはなく、やがて十一月も終りに近くなった。

その月は二十二日の夜にひどい地震があって、小田原から房州へかけてかなり被害があり、江戸でも家や土蔵が倒れたり崖《がけ》が崩れたりした。深川の三十三間堂が倒壊し、大川は一夜に四たびも潮がさしひきした。地震は二十五日まで繰り返し揺ったが、二十六日に雨が降ってようやく歇《や》むと、安房《あわ》や上総《かずさ》では津浪《つなみ》があって十万人死んだとか、小田原がいちばん激震で何千人いっぺんに潰《つぶ》されたとか、色いろ恐ろしい噂が次から次へとひろまりだした。……こうして二十九日になった夜、四五日つめてした仕事がようやく片付いたので、おせんは珍しく宵のうちに寝床へはいった。地震の恐ろしさが解けたのと、仕事の疲れが出たのであろう、床にはいるとすぐ、なにも知らずにぐっすり熟睡した。あんまりよく眠ったせいだろう、それほど更《ふ》けたとも思えない頃にふと眼がさめた。そして眼のさめたときの習慣で、お祖父さんのほうへふり向いた。

するとそこには枕紙《まくらがみ》＊が白く浮いて見えるだけで、夜具の中にはお祖父さんがいなかった。

おせんは身を起こした、たぶん後架《こうか》＊だろうと考え、そちらへ耳を澄ましていると、戸外のひどい風の音に気がついた、いつ吹きはじめたものかひじょうな烈風で、露次ぐち＊にある棗《なつめ》の枯枝や庇《ひさし》さきがひょうひょうとうめき、地震でゆるんだ雨戸や障子《しょうじ》はもちろん、柱や梁《はり》までがみじめなほどきいきいと悲鳴をあげていた。そのうちにおせんは、店のほうに灯《ほ》あかりが揺れているのに気づいた、なぜともなくどきっとして、寝衣《ねまき》の衿《えり》をかき合せながら立っていってみると、被《おおい》をかけた行燈《あんどん》のそばに、源六が前《まえ》踞《かが》みになって、しきりになにかしていた。火桶《ひおけ》＊もなし、隙間から吹きこんで来る風で、板敷の店は凍るほど寒いに違いない。驚かしてはいけないと医者にきびしく注意されているので、おせんは、そっと近よっていった。……源六は庖丁を研いでいた。不自由なからだでどうしたものか、研ぎ台も水盥《みずだらい》もちゃんと揃《そろ》えてあった。蒲《がま》で編んだ敷物にきちんと坐《すわ》って、きわめてたどたどしい手つきで庖丁を研いでいる。然しそれはひじょうな努力を要するのだろう。鬢《びん》＊から頬にかけて汗が幾すじも条《すじ》を描いていた。

治りたいのだ、薬も祈禱も験《しるし》＊がない、だがどうかして治りたい一心から、せめて仕事で馴らしたらと考えたのではなかろうか、それともあまりながびくのが不安で自分をためすために砥石《といし》に向ってみたのだろうか、どちらにしてもこの寒夜に独り起きて汗をながしながらひっそりと研ぎものをしている、そのたどたどしい、けれどけんめいな姿は、哀れともいたましいとも云いようがなく、おせんは堪《たま》りかねてお祖父さんと叫び、その腕へとりついたまま泣きだしてしまった。

「泣くことはないじゃないかおせん」源六は穏やかに笑いながら孫の背へ手をやった、「……風が耳について、眠れないから、ちょっといたずらをしてみただけだよ」

「わかってるわお祖父さん、でもあせっちゃあだめよ、ずいぶん焦《じ》れったいと思うわ、辛いこともよくわかるわ、でもこの病気はあせるのがいちばん悪いの、がまんして頂戴お祖父さん、もう少しの辛抱だわ」

「そういうことじゃないんだ、おれは決してあせったり焦れたりしやあしない、ただどうにも、どうにも砥石がいじりたくってしようがなかった、鹿礪《ろくと》石《いし》のさらりとした肌理《きめ》、真礪《まと》*、青砥《あおと》*のなめらかな当り、刃物と石の互いに吸いつくようなしっとりした味が、なんだかもう思いだせなくなったようで、心ぼそくってしようがなかったんだ」

「よくわかってよお祖父さん」おせんはそこにあった手拭《てぬぐい》で源六の濡《ぬ》れた手を拭《ふ》いてやった、「……でもがまんしてね、これまで辛抱してきたんですもの、もう少しだから、なんにも考えないでのんきに養生をしましょう、もうすぐよくなるわ、来年はとしまわりがいいんだから、なにもかもきっとよくなってよ、ほんとうにもう少しの辛抱よ、お祖父さん」

「ああそうするよ、おせん、おまえに心配させちゃあ済まないからな」

さあ寝ましょうと云って、おせんが援《たす》け起こそうとしたとき、源六はふと顔をあげて、

「半鐘*が鳴っているんじゃあないか」

と云った。おせんも耳を傾けた。たしかに、暴《あら》あらしく吹きたける風に乗って、微《かす》かに遠く半鐘の音が聞えている。然もそれが三つばん*だった。

「近いようじゃないか」

「ちょっと出て見るわ」

おせんはひき返して、着物を上からはおり、雨戸を明けて覗《のぞ》いてみた、凛寒《りんかん》と冴《さ》えわたった星空のかなたに、かなり近く赤あかと火がみえた。おそらく本郷台《ほんごうだい》であろう、煙が烈風に吹き払われるのでかがり*は立っていないが、研ぎだしの金梨地《きんなしじ》のようなこまかい火の粉が、条をなして駿河台《するがだい》のほうへ靡《なび》いていた、おせんは舌が硬《こわ》ばり、かちかちと歯の鳴るのを止めることができなかった。

「……大丈夫よお祖父さん、高いところだからたぶん本郷でしょう、風が東へ寄っているので、火は駿河台のほうへ向いているわ」

「地震のあとで火事か、今年の暮は困る人がまたたくさん出ることだろう」源六はゆ

らゆらと頭を振った、「……さあ、風邪をひかないうちに寝るとしよう」

八

横にはなったが眠れなかった。風はますます強くなるようすで、雨戸へばらばらと砂粒を叩《たた》きつけ、ともすると吹き外してしまいそうになった。そのうちに表で人の話しごえが聞えはじめた、「下谷《したや》へまわるぜ」とか「ああとうとう駿河台へ飛んだ」とか「いま焼けているのは明神様じゃあないか」などという言葉が、風にひきち切られてとぎれとぎれに聞えてくる。

「また大きくなるんじゃあないかしら」

おせんが眼をつむったままそう云った。源六はそれには答えず、やや暫《しばら》くして、「風が変ったな」と独り言のように呟《つぶや》いた。裏の魚屋の女房が来たのはそれから間もなくだった、表の戸を叩きながら呼ぶので、おせんが着物をはおって起きていった。「のんきだねえおせんちゃん寝ていたのかえ」とおらくはまだ明けない戸の向うで云った、「……火が下谷へ飛んでこっちが風下になったよ、出てごらんな大変だから」

「さっき見たんだけれど」

おせんはそう云いながら雨戸を明けた。すると、いきなりぱっと赤い大きな火の色が眼へとびこんだ、こっちが見たというより、火明りのほうでとびこんだという感じだった。向うの家並はまっ暗で、その屋根の上はいちめんに赤く、眩《まぶ》しいほど空いっぱいに弘《ひろ》がっていた。

「……まあずいぶんひろがったわね」

「そんなこともないだろうけど、手まわりの物だけでも包んで置くほうがいいね、うちでもとにかくひと片付けしたところだよ、なにしろここにはお祖父さんがいるんだから」

「どうも有難う、そうするわおばさん」

「いざとなったらお祖父さんはうちが負《おぶ》ってゆかあね、それは心配はいらないからね」

おらくが去るとすぐ、おせんは手早く着替えをし、すぐ要ると思える物を集めて包を拵《こしら》えた。江戸には火事が多いので、ふだんから心の用意はできている、荷物はできるだけ少なくとか、米はどんなにしても二日分くらい持つとか、飯椀《めしわん》に箸《はし》は欠かせないとか、切傷、火傷《やけど》、毒消し薬などを忘れるなとか、みんな常づね口伝《くでん》*のように戒め合い、いざというときまごつかないだけの手順はつけてあるのだった。……包が出来ると、お祖父さんに起きて貰い、布子《ぬのこ》*を二枚重ねた上から綿入半纏《わたいればんてん》をさらに二枚着せ、頭巾《ずきん》を冠《かぶ》らせた。このあいだにも表の人ごえは段だん高くなり、手荒く雨戸を繰る音や、荷車を曳《ひ》きだすけたたましい響きが起こったりした。

「もう支度はできたかえ」おらくがそう云って入って来た、「……慌《あわ》てなくってもいいんだよ、また少し風が変って、火先が西へ向ってるからね、こっちはたぶん大丈夫だろうって、うちじゃあいま馬喰町《ばくろちょう》のおとくいへ見舞いに出ていったよ」

「でもさっきよりかがりが大きくなったようじゃないの、おばさん」上り框《がまち》*へ、出ていったおせんは、夜空を見やりながら、それでもややおちついた声でそう云った、「……厭《いや》だわねえ地震のあとでまた火事だなんて」

「お江戸の名物*だもの、風が吹けばじゃんとくる*にきまっているのさ、それにしてもれっきとしたお上《かみ》があって、知恵才覚のある人もたくさんいるんだろうに、なんとか小さいうちに消すくふうはないもんかねえ、番たび*百軒二百軒と焼けるんじゃあもったいないはなしじゃあないか」

「あらおばさん」おせんは急に身をのり出した、「……こっちのほうが明るくなったけれど、どこかへ飛び火がしたんじゃあないかしら」

「あらほんとうだね、おまけに近そうじゃないか」

　おらくはあたふたと外へ出た。たしかに飛び火らしい、元の火先は西へ靡いているのに、それとは方角の違う然《しか》もずっとこちらへ寄ったところに、新しい橙色《だいだいいろ》の明りが立ちはじめた。……通りには包を背負い、子供の手をひいた人びとの往来がしだいに繁《しげ》くなったが、その人たちの顔が見えるほど、空は赤あかと焦《こ》がされていた。家を見て来ると云っておらくが去ると、おせんは勝手へいって水を飲み、どうしようかと考え惑った。足の不自由なお祖父さんを、伴《つ》れてゆくには、あまりさし迫らないうちのほうが安全だ、然しよく話に聞くことだが、へたに逃げると却《かえ》って火に囲まれてしまう、立退《たちの》くなら火の風の向きをよほどよくみなければと云う、まだ経験のないおせんには、いまが逃げる時かどうか、どっちへゆくがいいのかまるっきり見当がつかなかった。どうしよう、おせんはまた表へ出ていった。

「おせんちゃんまだいたのか」と、右隣りの主人がびっくりしたように呼びかけた、「……もう逃げなくちゃあいけない、立花《たちばな》さまへ火が移っている、早くしないととんだことになるぜ」

　そう云うと、背中の大きな包を揺りあげながら、大通りのほうへと走っていった。おせんは足がぶるぶると震えだした、よく気をつけてみると、僅《わず》かなあいだに近所ではだいぶ立退いたらしく、往来の激しい騒ぎとは反対に、たいていの家が雨戸を明けたまま、ちょうど黒い口をあけているようにひっそりと鎮《しず》まりかえっていた。おせんはぞっとして露次へとびこんだ。裏の魚屋へいって「おばさん」と呼んでみたが返辞はなく、包を背負った男たちがおせんを突きのけるように、溝板《どぶいた》を鳴らしながら駆けて通った。気もそぞろに、家へ戻ってくると、お祖父さんは仏壇を開いて、燈明《とうみょう》*をあげているところだった。

「お祖父さん」おせんはできるだけしずかな調子で云った、「……たぶん大丈夫だと思うけれど、なんだか火が近くなるようだからともかく出てみましょう」

「おまえゆきな、おせん」と、源六は仏壇の前へ坐った、「……ここは焼けやしない、おれにはわかってるんだ、ここは大丈夫だ、けれども万に一つということがあるからな、おまえだけは暫くどこかへいっているがいい」

「そんなことを云って、お祖父さんを置いてゆけると思うの、あたしを困らせないで」

「人間には定命《じょうみょう》＊というものがあるんだ。おせん」源六はしずかに笑った、「……どんなに逃げたって定命から逃げるわけにはいかない、おれはじたばたするのは嫌いなんだ」

「それじゃあ、あたしもここにいてよ」

「ばかなことを云っちゃあいけない、おれとおまえとは違う、おまえはまだ若いんだ、おまえは、これから生きる人間なんだ、若さというものは、時に定命をひっくり返すこともできる、七十にもなれば、もうじたばたしても追っつかないが、おまえの年ごろにはやるだけやってみなくちゃあいけない、どん詰りまでもういけないというところから三段も五段もやってみるんだ、おせん、おれのことは構わずにゆきな、半刻《はんとき》もすればまた会えるんだから」

おせんはお祖父さんの膝《ひざ》へ縋《すが》りついた。そのとき表から、「爺《じい》さん」と叫びながらとび込んで来た者があった。杉田屋の幸太だった。彼は頭巾付きの刺子《さしこ》*を着ていたが、その頭巾をはねながら上り框へ片足をかけた。

「もう立退かなくちゃあいけないよ爺さん、立花様へ飛んだ火が御蔵前《おくらまえ》のほうへかぶさって来た、こいつはきっと大きくなる、いまのうちに川を越すほうがいい、おれが背負っていくぜ」

「よく来てお呉《く》んなすった、済まない」源六はじっと幸太の眼を見いった、「……せっかくだがおれのことはいいから、どうかこのおせんを頼みますよ、おれはこんなからだだし、もう年が年だから」

「ばかなことを云っちゃあいけない」幸太は草鞋《わらじ》のまま上へあがった、「……としよりを置いて若い者が逃げられるものか、さあこの肩へつかまるんだ、おせんちゃん、持ってゆく物は出来ているのかい」

「ええもう包んであるわ」

「じゃちょっと手を貸して爺さんを負わして呉んな、なにか細帯でもあったら結びつけていこう。色消し*だがそのほうが楽だ」

構わないで呉れと泣くように云う源六を、幸太はむりに肩へひき寄せ、おせんの出して来たさんじゃく帯*で、しっかりと背へ括《くく》りつけた。おせんは歯をくいしばった。幸太とは単純でないゆくたて*がある。どんなに苦しくとも彼にはものを頼みたくない、然しこのばあい他にどうしようがあろう、彼がとびこんで来たとき、おせんは嬉しさに思わず声をあげそうになった。ずいぶん勝手だけれど堪忍《かんにん》して、うしろからお祖父さんを負わせながら、おせんは心のうちで幸太にそう詫《わ》びを云った。

「よかったらゆくぜ、おせんちゃん」

「あたしはこれを持てばいいの、ああいけない火桶に火がいけて*あったわ」

「いけてあれば大丈夫だ、そんなものはいいよ」

それでもと云っておせんは手早く火の始末をし、幸太といっしょに家を出た。……大通りは人で揉《も》み返していた、浅草のほうはいちめんの火で、もうそのあたりまできな臭い煙*がいっぱいだった。幸太はちょっと迷った、西を見ると駿河台から延びて来た火が、向《むこ》う柳原《やなぎわら》あたりまでかかっているようだ、北は湯島を焼いたのが片方は上野から片方は神田川にかけて燃え弘がっている。そして浅草のほうも火だ、つまり隅田川に向って三方から火が延びているのである。

「おうまやの渡しから向うは大丈夫だ」

そう云っている男があったので、幸太はその男をつかまえて訊《き》いた、「たしかだとも」と、軽子《かるこ》*らしいその男はいきごんだ調子で云った、「おれは駒形《こまがた》の者だ、おふくろが神田にいるんでゆくところだが、焼けているのはお厩《うまや》の渡しからこっちで、あれから向うは、煙も立っちゃあいない、逃げるんならあっちだ」幸太はそっちへ戻ろうと思った、然し道いっぱい怒濤《どとう》のように押して来る人の群を見ると、そのなかをゆくことがいかに不可能であるかすぐにわかった。彼は背負った源六を思い、左手に縋っているおせんを思った、——やっぱり本所へゆこう、おなじ火をくぐるなら、ゆき着いた先の安全なほうがいい。そう心をきめて歩きだした。

浅草橋まであとひと跨《また》ぎというところまで来た。湯島のほうから延びて来る火は、もう佐久間町《さくまちよう》あたりの大名屋敷を焼きはじめたとみえ、横さまに吹きつける風は燻《いぶ》されたように、煙と熱気に充《み》ちていた。おせんは絶えず幸太の背中にいるお祖父さんに話しかけ、元気をつけたり、励ましたりしていたが、このとき人の動きが止って、前のほうから逆に、押し戻して来るのに気がついた。

「押しちゃあだめだ、戻れもどれ」

「どうしたんだ先へゆかないのか」

「御門が閉った」

そんな声が前のほうから聞え、まるで堰止《せきと》められた洪水が逆流するかのように、犇《ひし》ひしと押詰めた群衆がうしろへと崩れて来た。おせんは幸太の腕へ両手でしがみついた。

「幸さん御門が閉ったんですって」

「そんなことはないよ」彼は頭を振った、「……なにかの間違いだ、この人数を抛《ほう》って門を閉めるなんて、そんなばかなことが」

「御門が閉ったぞ」そのとき前のほうからそう叫ぶ声がした、「……御門は、閉った、みんな戻れ、浅草橋は渡れないぞ」

その叫びは口から口へ伝わりあらゆる人々を絶望に叩きこんだ、沸き立つような喧《けん》騒《そう》がいっときしんと鎮まり、次いでひじょうな忿《いか》りの呶《ど》号《ごう》となって爆発した。浅草橋御門を閉められたとすれば、かれらが火からのがれる途《みち》はない、火事は北と西とから迫っている、然《しか》も恐るべき速さで迫って来ている、東は隅田川だ、浅草橋はたった一つ残された逃げ口だったのだ。

「門を叩き毀《こわ》せ」誰かがそう喚《わめ》いた。

「踏み潰《つぶ》して通れ」

するとあらゆる声がそれに和して鬨《とき》*をつくった。

「門を毀せ」

「押しやぶってしまえ」

それは生死の際《きわ》に押詰められた者のしにものぐるいな響きをもっていた。群衆は眼にみえないちからに押しやられて、再び浅草橋のほうへと雪崩《なだれ》をうって動きだした。

九

幸太はここの群衆の中から脱けだした。彼には浅草橋の門の閉った理由がすぐわかった。門の彼方《かなた》もすでに焼けているのだ、風が強いから火はみえないが、さっき茅町の通りで見たとき、もう柳原のあたりが赤くなっていた、おそらく馬喰町の本通りあたりまで焼けてきたに違いない。よしそうでないにしても、「御門」という制度は厳しいもので、いちど閉められたらたやすく明く筈《はず》はなし、群衆の力ぐらいで毀せるものでもなかった。彼はすばやくみきわめをつけ、けんめいに人波を押し分けて神田川の岸へぬけ、そのまま平右衛門町から大川端へと出て来た。

神田川の落ち口に沿った河岸《かし》の角が、かなり広く石置き場になっていた。のちには家が建つようになったが、その頃はまだ河岸が通れるようになっていて、貸舟屋や石屋や材木屋などが、その道を前にして軒を並べていた。もし舟があったら本所へ渡ろうし、無かったにしても、石置き場は広いし水のそばだから、火に追い詰められてもたぶん凌《しの》ぎがつくだろう、幸太はそう考えて来たのだった。……けれども、そこはもう荷物と人でいっぱいだった、幸太はちょっと途方にくれたが、遠慮をしていてはだめだと思い、

「病人だから頼みます」

と繰り返し叫びながら、人と人とのあいだを踏み越えるようにして、いちばん河岸に近いところへぬけていった。そこは三方に胸の高さまで石が積んであり、その間にちょうど人が三人ばかりはいれるほどの隙間《すきま》ができている。

「ここがいいだろう」そう云って幸太は源六をおろした、「……暫《しばら》くの辛抱だ、爺さん寒いだろうが、がまんして呉んな」

「それより幸さん、おまえ家へ帰らなくちゃあいけまい」

「なあに家はいいんだ」幸太は源六を積んである石の間へそっと坐《すわ》らせた、「……家はすっかり片付けて来たし、親たちは職人といっしょに立退いたんだ、おせんちゃんその包をこっちへ貸しな、そいつを背中へ当てて置けば爺さんが楽だろう」

「済みません、あたしがしますから」

おせんは背負って来た包をおろし、お祖父さんの後ろへ、倚《よ》り掛れるように置いて、自分もそこへ腰をおろした。

火のようすを見て来るといって、幸太は通りのほうへ出ていった。おせんはひきとめたかった、こんな混雑のなかで、もしはぐれでもしたらどうしようと思ったから。けれども呼びかけることはできなかった、幸太が火を見にゆくというのは口実で、ほんとうはおせんのそばにいることを憚《はばか》った。あのときの約束を守ろうとしているのだということがわかったからである。おせんは咎《とが》められるような気持で、お祖父さんにひき添いながら身のまわりを眺めやった。……積んである石の上も下も、大きな荷包と人でいっぱいだった、たいていの者が子供づれで、なかには背負ったり抱えたりで五人もの子をつれた女房がいた。かれらの多くは焼けだされて来たらしく、火あしの早かったこと、飛び火がひどくて逃げる先さきを塞《ふさ》がれ、危うく命びろいをして来たこと、どこそこでは煙に巻かれてなん十人も倒れているのを見たことなど、口ぐちに話し合っていた、「ええ此処《ここ》は大丈夫ですよ、いざとなったら川へはいって、石垣に捉《つか》まっていたって凌げますからね」そんなことを繰り返し云う男があり、「そうだ此処なら命だけは大丈夫だ」とか「水に浸って火の粉をあびれば水火の難だぜ」などと云って笑う声も聞えた。

暫くして幸太が蒲団《ふとん》を担《かつ》いで戻って来た、「ちょっと思いついたもんだから、断わりなしにはいって持って来たよ」彼はそう云って源六とおせんとをそれでくるむようにした、「……こうしていれば寒くもなく火除《ひよ》けにもなるからな、それから飯櫃《めしびつ》をみたら残ってたから、手ついでにこんな物を拵《こしら》えて来たよ」自分もそこへ坐りながら、湯沸しと握り飯の包をとりひろげた。

「あら、お握りなら持って来てあるのよ」

「そいつはとっとくんだ、明日がどうなるかわからないからな、爺さん一つ喰《た》べておかないか、ちょうどまだ湯が少し温かいんだがな、おせんちゃんもどうだ」

「ええ頂くわ、お祖父さんもそうなさいな」

「なんだか野駆け*にでもいったようだな」

源六は独り言のように、そっとこう呟《つぶや》きながら一つ取った。おれも貰うぜと云って、幸太も取って頬張ったが、こいつは大笑いだと頭へ手をやった、「冗談じゃない、塩をつけるのを忘れちゃったよ」

「まあそんなものさ」源六が笑いながら云った、「男があんまりですぎるのもげびた、*ものだ」

「いいわよ、梅干を出すから待ってらっしゃい」

おせんは手早く包をひらき、重箱をとりだして蓋《ふた》をあけた。——ほんとうに野駆けにでもいったようだ、と思いながら……。

火事のことは源六も幸太も口にしなかった、火のようすを見にいった幸太がなにも云わないのは、云わないことがそのまま返辞だからである。それでなくとも、横なぐりに叩《たた》きつけて来るような烈風は、すでに濃密な煙とかなり高い熱さを伴っているし、頭上へは時おりこまかい火の粉が舞いはじめて来た。

「爺さんもおせんちゃんも、少し横になるほうがいい、火の粉はおれが払ってやるから」

そうすすめるので、源六とおせんは蒲団をかぶり、包に倚りかかって楽な姿勢をとった。……家は焼けてしまうだろう、おせんはそう思ったが、悲しくも辛くもなかった、お祖父さんが病気で倒れたり、地震があったり、今年はひどく運が悪かった、いっそ家もきれいさっぱり焼けて、どん詰りまでいってしまうほうがいい、悪い運が底をついてしまえば、こんどは良い運が始まるだろう、なにもかも新しくやり直すんだ、——庄さん、とおせんは眼をつむり遠い人のおもかげを空に思い描いた、あたし弱気なんか起こさなくってよ、あんたが帰るまでは、どんなことがあっても他人の厄介にならないで待っているわ、今夜のことは堪忍してね庄さん、だってほかにしようがなかったんですもの、あんたがいたら幸さんなんかに頼みはしなかったのよ、わかるわね庄さん。

危険は考えたより遥《はる》かに早く迫って来た。幕を張ったように、するどい臭みのある煙が烈風に煽《あお》られて空を掩《おお》い地を這《は》って、あらゆるものを人々の眼から遮り隠していた、そのあいだに火は茅町から平右衛門町へと燃え移っていたのだ、誰かが「あんな処《ところ》へ火が来ている」と叫び、みんながふり返ったとき、河岸に面した家並の一部から焔《ほのお》があがった。風のために家から家と軒つづきに延びて来たのが、ひとところ屋根を焼きぬくと共に、撓《た》めるだけ撓めていたちからでどっと燃えあがったのだ、ちょうど巨大な坩堝《るつぼ》の蓋をとったように、それは焔の柱となって噴きあがり、眼のくらむような華麗な光の屑《くず》を八方へ撒《ま》きちらしながら、烈風に叩かれて横さまに靡《なび》き、渦を巻いて地面を掃いた。頭上は火の糸を張ったように、大小無数の火の粉が、筋をひきつつ飛んでいた、煙は火に焦《こ》がされて赤く染まり、喉《のど》を灼《や》くように熱くなった。煙に咽《む》せたのだろう、どこかで子供が泣きだすと、堰を切ったように、あっちからもこっちからも、子供の泣きごえが起こった。

「おいみんな荷物に気をつけて呉れ」とつぜん幸太が叫びだした、「……荷物へ火がつくとみんな焼け死ぬぞ、よけいな物は今のうちに河へ捨てるんだ」

彼は石の上へとびあがり、同じ言《こと》を幾たびも叫びたてた。それから両国のほうと本所河岸を眺めやった。煙がひどいのでよくわからないが両国広小路の向うも火のようだった。薬研堀《やげんぼり》から矢の倉へかけて、橙色《だいだいいろ》のすさまじい火が、上から抑えつけられたように横へ広くひろがっている、そしていつ飛び火がしたものか、本所河岸もすでに炎々と燃えていた。

「向う河岸も焼けてるのね、幸さん」おせんが立ちあがってそう云った、「……どこもかも焼けているわ、大丈夫かしら」

「出て来ちゃあいけない、蒲団をかぶってじっとしているんだ」幸太は叱《しか》りつけるように云った、「……馴《な》れない眼で火を見ると気があがって、それだけでまいってしまう、おれがいる以上は大丈夫だからじっとしていな」

おせんは坐って、頭からまた蒲団をかぶった、然《しか》し熱さと煙とで、息が苦しくなり、ながくはそうしていられなくなった。

「お祖父さん、苦しくない」

そう訊いたが「うん」というなりでなにも云わない、堪《たま》らなくなって、おせんは頭を出した。ごうごうと、大きな釜戸《かまど》の呻《うめ》きのような火の音と、咆《ほ》えたける烈風のなかに、苦痛を訴えるすさまじい人の声が聞えた。まるでそこにいる人たちを覘《ねら》ってくるかのように、熱風と煙が八方からのしかかり押し包んだ。……向うのほうで「荷物に火がついたぞ」と叫ぶ声がし、「みんな荷物を河へ抛《ほう》りこめ」という叫びが続いた。おせんはするどい恐怖と息ぐるしさで胸をひき裂かれるように思い、

「幸さん」

と喉いっぱいに呼んだ。

「……幸さん、どこ」

「頭を出すな」そうどなりながら、石の上へ向うから幸太がとび上って来た、「……髪毛《かみ》へ火がつく、ひっこんでろ」

「苦しくってだめなの、息が詰るわ」

「苦しいぐらいがまんするんだ」そう云いながら彼は石から下りた、「……爺《じい》さんは大丈夫か、爺さん、もうひとがまんだぜ」

源六の返辞はなかった、身動きもしないので、幸太が蒲団を剝《は》いでみた。源六は包

へがくりと頭をのけ反らせていた、幸太は手荒く老人の着物の衿《えり》をかき明け、心臓のところへ耳を当てた。……おせんは大きく眼をみはり、両手の拳《こぶし》を痛いほど握りしめながら見ていた、……お祖父さんは口をあいていた、眼もあいていた、ちょうど欠伸《あくび》でもしているようなのんびりとした顔である、然しそれにもかかわらずすべてが空虚で、なにかしらぬけがらをみるような物質化した感じが強かった。幸太は老人の肩を掴《つか》んで揺すぶった。それから湯沸しをあけ、手に当る紐《ひも》をひき千切ってつるを縛ると河の水を汲《く》みあげて老人の頭へあびせかけた、四たびばかりも繰り返して、また心臓へ耳を当てた。これらのことは敏捷《びんしょう》な動作と、ぜひとも呼び生かしてみせると云いたげな熱意に溢《あふ》れていた、おせんは震えながら見ていた、渦巻く煙も、頬を焦がしそうな火気も、泣き喚くまわりの人ごえも気づかずに、そして、やがて幸太が両手を垂れながら立つと、絞りだすような声で叫びながらお祖父さんの胸の上へ泣き伏した。

「済まない、勘弁して呉んな」幸太が泣くような声でそう云った、「……おれがへまだったんだ、もう少し早くいって伴《つ》れだせばよかったんだが、こんな処で死なせるなんて、ほんとうに済まなかった」

「いいえそんなことはなくってよ幸さん、ここまででも伴れて来られたのはあんたのおかげだわ、お祖父さんはどうしても逃げるのはいやだってきかなかったんですもの」

「おまえの足手まといになると思ったんだ、病気で倒れてっからも、爺さんはおまえの世話になることが辛くって、どんなに気をあせっていたか知れなかった、おれにはよくわかったんだ。他人ぎょうぎじゃあないぜ、爺さんはおまえを可愛《かわい》がっていた、どんなお祖父さんがどんな孫を可愛がるよりも可愛がっていたんだ、おまえに苦労させるくらいなら、いっそ死ぬほうがいいとさえ……おれにそう云ったことがあるんだ、だからおせんちゃん、薄情なようだが諦《あきら》めよう、爺さんは楽になったんだ、ながい苦労が終ってもうなにも心配することもなく、安楽におちつくところへおちついたんだ、わかるなおせんちゃん」

「幸さん」

おせんが、そう呼びかけたとき、畳一枚もありそうな大きな板片が、燃えながら二人のすぐ傍らへ落ちて来た。

まるで雪崩《なだれ》の襲いかかるように、怖《おそ》ろしい瞬間がやって来た。苦しまぎれに河へはいる者がたくさんあった、然しそこは折あしく満潮で、はいるとすぐ溺《おぼ》れる者が相次いで、石垣にかじりついている者は頭から火の粉を浴び、それを払おうとして深みへ掠《さら》われた。たぶん頭が錯乱したのだろう、なにやら喚《わめ》きながら、まっすぐに燃えている火の中へとび込んでゆく者もあった。あたりに置いてある荷物はみなふすふすと煙をあげ、それが居竦《いすく》んでいる人々を焦がした。積んである石も、地面も、触っていられないほど熱くなり、水を掛けるとあらゆる物から湯気が立った。そうだ、おせんは初めて気がついた。彼女はいつか幸太の刺子《さしこ》半纏《ばんてん》*を着せられ、頭巾《ずきん》を冠《かぶ》っていた。その上から、幸太が河の水を汲みあげては掛けていて呉れたのだ。

「苦しくなったら地面へ俯伏《うつぶ》すんだ」と幸太がどなった、「……地面へ鼻を押しつけて、そこのいきを吸うんだ、火の気も煙も地面まではいかないから、もうひとがまんだ」

　おせんはとつぜん中腰になり、すぐ脇に積んである石の蔭《かげ》を覗《のぞ》いた。さっきから赤子の泣くこえが耳についていた、ひとところで、少しも動かずに、たまぎるような声*で泣いている、あんまりひとところで泣き続けるので、堪らなくなって覗いてみた、石の蔭には大きな包が二つあり、その上に誕生には間のありそうな赤子が、ねんねこ*にくるまって泣いていた、まわりには誰もいない、ねんねこも包も、ところどころ焦げて煙をだしている、おせんは衝動的に赤子を抱きあげ、刺子半纏のふところへ入れて元の場所へ戻った。

「ばかなことをするな」幸太が乱暴な声でどなった、「……親も死んでしまったのに、そんな小さな子をおまえがどうするんだ、死なしてやるのが慈悲じゃないか」

「みんなおんなじよ」おせんはかたく赤子を抱きしめた、「……あたしだってもうながいことないわ、助けようというんじゃないの、こうして抱いて、いっしょに死んであげるんだわ、一人で死なすのは可哀《かわい》そうだもの」

「おまえは助ける、おれが助けてみせる、おせんちゃん、おまえだけはおれが死なしあしないよ」彼はそう云って、刺子半纏の上から水を掛けると、おせんのそばへ蹈《かが》んで彼女の眼を覗いた。「……おまえにあ、ずいぶん厭《いや》な思いをさせたな、済まなかった。堪忍《かんにん》して呉んなおせんちゃん」

「なに云うの幸さん、今になってそんなことを」

「いや云わせて呉んな、おれはおまえが欲しかった、おまえを女房に欲しかったんだ、おまえなしには、生きている張合もないほど、おれはおせんちゃんが欲しかったんだ」

苦痛にひき歪《ゆが》んだ声つきと眸子《ひとみ》のつりあがったような烈《はげ》しい眼の色に、おせんはわれ知らずうしろへ身をずらせた。

「思いはじめたのは十七の夏からだ、それから五年、おれはどんなに苦しい日を送ったか知れない、おまえはおれを好いては呉れない、それがわかるんだ、でも逢いにゆかずにはいられなかった。いつかは好きになって呉れるかも知れない、そう思いながら、恥を忍んでおまえの家へゆきゆきした、だがおまえの気持はおれのほうへは向かなかった、それればかりじゃあない、とうとう……もう来て呉れるなと云われてしまったっけ」煙が巻いて来、彼は、こんこんと激しく咳《せ》きこんだ。それから両の拳へ顔を伏せながら、まるで苦しさに耐え兼ねて呻くような声で、続けた、「……そう云われたときの気持がどんなだったか、おせんちゃんおまえにはわかるまい、おれは苦しかった、息もつけないほど苦しかった、おせんちゃん、おれはほんとうに苦しかったぜ」

おせんは胸いっぱいに庄吉の名を呼んでいた、できるなら耳を塞いで逃げたかった、「おれがいなくなれば幸太はきっと云い寄るだろう」そう云った庄吉の言葉がまたしても鮮やかに思いだされた、「だがおれは安心して上方《かみがた》へゆく、おせんちゃんはおれを待っていて呉れるだろうから」そうよ庄さん、あたしを守って頂戴、あたしをしっかり支えていて頂戴。おせんはこう呟きながらかたく眼をつむり、抱いている赤子の上へ顔を伏せた。

「だがもう迷惑はかけない、今夜でなにもかもきりがつくだろう」幸太は泣くような声でこう云った、「……どんな事だってきりというものがあるからな、おせんちゃん、これまでのことは忘れて呉んな、これまでの詫《わ》びにおまえだけはどんなことをしても助けてみせる、いいか、生きるんだぜ、諦めちゃあいけない、石にかじりついても生きる気持になるんだ、わかったか」

おせんは黙っていた、顔もあげなかった。幸太は立って再び水を汲んでは掛けはじめた。然《しか》し湯沸しなどでは間に合わなくなってきた。彼は蒲団を水に浸しておせんの上から冠せ、手桶《ておけ》かなにかないかと捜してみた、そのときはじめて、そのあたりいちめん人間の姿がひとりもなく、荷という荷が赤い火を巻きだしているのに気がついた、ついさっきまで犇《ひし》めいていた人たちが、かき消したように見えなくなり、有《あら》ゆる荷物が生き物のように赤い舌を吐いていた。眼のくらむような明るさのなかで、それは悪夢のように怖ろしい景色だった。

彼は湯沸しを投げだした。そして積んである石材を抱えあげ、石垣に添って河の中へ落し入れた、一尺角に長さ三尺あまりの大谷石《おおやいし》だった、殆《ほと》んど重さを感ずる暇もなく、凡《およ》そ十五六も同じ場所へ沈めた。それから石垣に捉まって水の中へはいってみた、石は偶然にも、ひとところに重なっていたが、満潮の水は彼の胸まで浸した、幸太はすぐに岸へ上り更に八つばかり沈めて、自分でいちど、試してからおせんを呼んだ。

「大丈夫だ、赤ん坊はおれが預かるから、そこへ足を掛けて下りな、落ちても腰っきりだ、よし、こんどはここへ捉まって、ゆっくりしな、そうそう、いいか」*

「赤ちゃんを水に浸《つ》けていいの」

「焼け死ぬより腹くだしのほうがましだろう、いま上から蒲団を掛けるからな」

幸太は岸の上から蒲団を引き下ろし、いちど水につけておせんの頭から冠せた。……水はおせんの腰の上まであった。然も潮はひきはじめているとみえ、神田川の落口なのでかなり強い流れが感じられる。おせんは赤子を抱いたからだを石垣へ貼《は》りつけるようにし、足は水の中でしっかりと石を踏ん張った。

「もう少しの辛抱だ、河岸《かし》の家が燃え落ちれば楽になる、まわりを見ちゃあいけない、なにも考えずにがまんするんだ、苦しくなったら水の面にあるいきを吸うんだぜ」幸太は手で蒲団へざぶざぶと水を掛け続けた、「……ちょっと待ちな、あそこへ手桶が流れて来る、手じゃ埒《らち》があかないからあいつを取って来て掛けよう、ちょっとのまがまんしてるんだ」

そう云って幸太は流れの中へすっと身をのしだした、仕事着のずんどに股引《ももひき》だけである。手桶は三間*ばかり向うを流れているので、なんのことはないと思った。然し彼は疲れきっていた、もう精も根も遣いきっていたのだ、二手、三手、泳ぎだすとすぐそれに気がつき、これはいけないと思った。そのうえ流れはまん中へゆくほど強くなり、ぐんぐんとからだを持ってゆかれそうだった。彼はひき返そうかと思ったが、眼の前にある手桶に気づき、それに捉まれば却《かえ》って安全だと考えた。そしてけんめいに身をのし、手をあげて手桶を掴《つか》んだ。あげた手はひじょうに重かった、まるで鉛の棒ででもあるかのようにひじょうに重くて自由が利かなかった。それで桶はくつがえり、ずぶりと水の中へ沈むのといっしょに、幸太もからだの重心を失って水にのまれた。

がぶっという異様な水音を聞いて、おせんが蒲団から頭を出した、河面《かわも》は真昼のように明るかったが、なにやら焼け落ちた物が流れてゆくほかには、どこにも幸太の姿が見えなかった。その人影のない、明るくがらんとした水面はおせんをぞっとさせた。

「幸さん」彼女はひきつるように叫んだ。

「……幸さん」

すると思ったよりずっと川口に近いほうで、はげしい水音がしたと思うと幸太がぽかっと頭を出した。彼は背伸びでもするように、顔だけ仰反けにしてこっちを見た。

「おせんちゃん」と、彼は喉《のど》に水のからんだ濁音で叫んだ、「……おせんちゃん」

そしてもういちどがぶっという音がし、幸太は水の中へ沈んでしまった。おせんは憑《つ》き物《もの》でもしたように、大きな、うつろな眼をみはって、いつまでもその水面を見つめていた。彼女のふところで、赤子がはげしく泣きだした。

中篇

一

江戸には珍しく粉雪をまじえた風が、焼けて黒い骨のようになった樹立《こだち》をひょうひょうと休みなしに吹き揺すっていた。寒いというより痛い、粟立《あわだ》った膚《はだ》を針でうたれるような感じである。どっちを眺めても焼け野原だった、屋根も観音開きも無くなり、みじめに白壁が剝《は》げ落ちて、がらん洞《どう》になった土蔵があちらこちらに見える。それは倒れ残った火除《ひよ》け塀《べい》や、きたならしく欠け崩れた石垣などと共に焼け跡のありさまを却《かえ》ってすさまじくかなしくみせるようだ。晴れていたら駿河台《するがだい》から湯島《ゆしま》、本郷《ほんごう》から上《うえ》野《の》の丘までひと眼に見わたせるだろう、いまは舞いしきる粉雪で少し遠いところは朧《おぼろ》にかすんでいるが、焼け落ちた家いえの梁《はり》や柱や、焦《こ》げ毀《こわ》れた家財などの散乱するあいだを、ひどく狭くなった道がうねくねと消えてゆくはてまで、一望の荒涼とした廃《はい》墟《きょ》しか見られなかった。

手足はもちろん骨まで氷りそうな風に曝《さら》され、頭から白く粉雪に包まれた人々が、浅草橋の北詰から茅場町《かやばちょう》あたりまで列をつくっていた。傘をさしたり合羽《かっぱ》を着たりしているのはごく僅《わず》かで、たいていの者が風呂《ふろ》敷《しき》やぼろや蓆《むしろ》をかむっていた。男も女も、老人も子供も、みんな肩をすくめ身を縮めて、おさえつけられるように前屈《まえかが》みになって、ほんの少しずつ、それこそ飽き飽きするほどのろのろと、列といっしょに動いている。誰もなにも云わなかった、素足のままふところ手*をして瘧《おこり》*にかかったかのようにがたがた震えている者、きみの悪いほど、白い硬《こわ》ばった顔でときどきびくんと発条《ばね》じかけのように首だけ後ろへ振向ける者、むきだしの頭から肩背へ雪まみれになったまま、払いおとす力もないかのようにじっとうなだれている老婆、これらの群のあいだから赤児《あかご》の弱よわしい泣きごえが聞える。前のほうでも後ろのほうでも、もう泣き疲れて喘《あえ》ぐように喉《のど》をぜいぜいさせるだけのものもある。しかし親たちのあやす声は聞えない、ひょうひょうと吹きたける風の音を縫って、その赤児の泣くこえだけが、列をつくっている人々ぜんたいの嘆きを表象するかのように、途絶えたり高くなったりしながらいつまでも続いていた。

「そっちへいっちゃだめじゃねえか、だめだって云ってるじゃねえか、ばか」

とつぜんこう喚《わめ》きだす者がいた。

「あの火が見えねえか、よね公、焼け死んじまうぞ、よね公、よね公、ばか」

そしてその喚きはすぐにううという低い絞るような嗚咽《おえつ》になった。だがそのまわりにいる人たちはなにも云わず、振返りもしない、そんな喚きごえなど聞きもしなかったようである。いたましいその嗚咽はやがて鼻唄《はなうた》のような調子になり、まもなくかすれかすれに消えていった。

おせんは痴呆《ちほう》のように惘然《もうぜん》として、この人々といっしょに動いたり停ったりしていた。抱いている赤児が泣きだすと、鈍い手つきで布子《ぬのこ》半纏《ばんてん》をかき合せたり、ぼんやりと頬ずりをしたりするが、すぐにまた放心したような焦点の狂った眼をあらぬ方へそらしてしまう。時どきなにかが意識の表をかすめると、あらゆる神経がひきつり収縮するので、からだじゅうがぴくぴくと激しく痙攣《けいれん》する。それと同時にはっと夢から醒《さ》めたような気持になるが、それは極めて短い刹那《せつな》のことで、すぐに頭は朦朧《もうろう》となり、思考はふかい濃霧に包まれるように昏《くら》んでしまう。肉躰《にくたい》も精神もすっかり麻痺《まひ》して、自分がいまなにをしているかも、どうしてそんな処《ところ》に立っているかもわからなかった。

——ただ時をきっていろいろな幻想があたまのなかを去来する、幼いころに浅草寺《せんそうじ》の虫干し*で見た地獄絵のような、赤い怖《おそ》ろしい火焔《かえん》がめらめらと舌を吐くさま、ふりみだした髪の毛から青い火をはなちながら、その火焔の中へとびこんでゆく女の姿、渦を巻いておそいかかる咽《のど》を灼《や》くような熱い烈風、嘘《うそ》のように平安なお祖父《じい》さんの寝顔、そしてごうごうと咆《ほ》え狂う焔《ほのお》の音のなかから、哀訴しむせび泣くようなあの声が聞える。

——おせんちゃん、おらあ苦しかったぜ、本当におらあ辛《つら》かったぜ、おせんちゃん。

おせんは濁った力のない眼をみはり、唇をだらんとあけて宙を見上げる、なんの感動もあらわれない白痴そのままの表情だ。それから急に眉《まゆ》をしかめ、眼をつむって頭を振る、そういう幻視や幻聴を払いのけたいとでもいうように、——赤児はぐずぐずと泣きだし、小さな唇でなにかを舐《な》めるような音をさせた。おせんは機械的に頰ずりをし、その唇へそっと自分の舌をさしいれた。赤児はとびつくように口をすり寄せ、びっくりするほどのちからでおせんの舌を吸う、ひじょうな力でちゅうちゅうと音を立てて吸うが、やがて口を放すとひき裂けるような声で泣きだすのであった。

「おまえさんお乳を含ませておやりな」すぐ前にいた中年の女がこっちへ振返ってからこう云った、「——舌なんかで騙《だま》すのは可哀《かわい》そうじゃないか、匂いだけでも気が済むんだから、お乳を含ませておやんなさいよ」

「そのひとはあたまがおかしいらしいだよ」脇《わき》にいる別の女がそう云った、「——藁《わら》屋《や》の勘《かん》さんとこで面倒みてやってるらしいんだけど、啞者《おし》みたいにものを云わないし、お乳をやることもお襁褓《むつ》を替えることも知らないらしいんですってよ」

「まあ可哀そうに、こんな若さでねえ、まだ十六七じゃないかね」

「いくら年がいかなくっても、わが腹を痛めた子に乳をやることも知らないなんて、本当に因果なはなしだよねえ」

そんな問答が聞えるのか聞えないのか、おせんは泣き叫ぶ子を揺すりながら、瞳《ひとみ》のぬけたような眼でじっとどこかをみつめるばかりだった。行列はそれでもしだいに前へ前へと進み、やがて蓆で囲った施粥小屋《せがゆごや》へと近づいた。そのあたりは群れたり散ったりする人影と、甲高《かんだか》い罵《のの》しりごえや喚きなどでわきたち、雪まじりの風に煽《あお》られて、火を焚《た》く煙や白い温かそうな湯気が、空へまき上ったり横へ靡《なび》いたりしていた。――筍笠《たけのこがさ》*を冠《かぶ》り合羽を着て、大きな鍋《なべ》を提げた男が向うから来た。鍋蓋《なべぶた》の隙《すき》から湯気が立っている、男は列の人々を眼さぐりしながら来たが、おせんを認めるとせかせか近寄って、

「おめえまた来てえるな、家にいなって云ってるのにどうして出て来るのだ、赤ん坊が凍えちまったらどうするだ、聞きわけのねえもてえげえにするがいい、さあ帰るだ、帰るだ」

「勘さんよ、たいへんだねえ」さっきの女の一人がこう声をかけた、「――おまえさんもお常さんもよく面倒をみなさる、こんななかで出来ねえこったよう」

「なにをするもんだお互えさまさ」男はぶあいそに云い捨て、片手でおせんをそっと押した、「――さあ帰るだ帰るだ」

おせんはすなおに歩きだした。男はときどき鍋を持ち替えながら、自分が風上のほうへまわって、往来を右へ曲り、もうかなり積って白くなった道を、平右衛門町《へいえもんちょう》のほうへとはいっていった。このまわりはどこよりもひどいようにみえる、土蔵や火防《ひよ》け

壁などが無かったせいか、家という家がきれいに焼け失《う》せて、焚きおとしのようになった柱や綿屑《わたくず》やぼろが僅かにちらばっているだけであった。——しかし大川の河岸《かし》にあった梶平《かじへい》という材木問屋では、あの夜、筏《いかだ》にして川へ繋《つな》いだ材木をあげ、三棟《むね》の小屋の仕事場を造り、もう四五日まえから活撥《かっぱつ》に鋸《のこぎり》や鉋《かんな》の音をさせていた。しぜん職人も大勢はいるのでそこを中心にぼつぼつ家が建ちだしている、もちろん板壁に屋根をのせたばかりの小屋であるが、酒肴《しゅこう》やそばきり*などを売る店もあって、ときには酔って唄《うた》うこえが聞えたりする。……勘さんと呼ばれる男の小屋もその一画にあった。これは古い板切れを継ぎはぎにした、少なからず片方へ傾《かし》がった、素人《しろうと》しごとと明らかにわかる雑なものだ。それにくっつけてやはりぶざまな、そのくせばかげて大きい物置が建っていて、空俵や莚やあら縄などがいっぱい積込んである。勘さんはがたびしする戸をあけておせんを先にいれ、自分がはいるとすぐ戸をぴったり閉めた。
油障子《あぶらしょうじ》*を嵌《は》めた小さな切窓*から、朝あけのようにほの白い光がさしこんで、六帖ばかりの狭い部屋の中をさむざむとうつし出している。ふちの欠けた火桶《ひおけ》に、古ぼけた茶棚と枕屏風《まくらびょうぶ》のほかはこれといって道具らしい物もみあたらないが、夜具や風呂敷包などきちんと隅に片付いているし、蒲《がま》で編んだ敷畳もきれいに掃除がしてあり、見つきよりはずっと住みごこちの好《よ》い感じがみなぎっていた。

「お常、帰ったぜ」勘さんはこう呼びながら笠と合羽をぬいだ、「——ひでえひでえ、骨まで氷ったあ」

「お帰んなさい、いま湯を取りますよ」

台所でこう答えるこえがし、すぐ障子をあけて、湯気の立つ手桶を持って女房が出て来た。二十八九になる小肥《こぶと》りの働き者らしいからだつきで、頰の赤いまるまるした顔に、思い遣《や》りのふかそうな眼をもっている。小さな髷《まげ》に結った髪もきっちり緊《し》まっておくれ毛ひとつないし、衿《えり》に掛けた手拭《てぬぐい》もあざやかに白い、手始末のいいきびきびした性質が、それらのすべてにあらわれていた。

「しょうがねえ、この寒さにまた出て並んでるんだ」勘さんは足を洗いながら云った。

「——欠け丼《どんぶり》のひとつも持つならいいが、手ぶらで並んでてどうするつもりかさ、可哀そうに赤ん坊が泣きひいって*たぜ」

「友《とも》さんのところへ乳を貰《もら》いにいっといでって出してやったんだよ、そこからいっちまったんだねきっと、あらまあ頭からこんなに濡《ぬ》れてるじゃないか、持ってった傘をどうしたろう」

「いいからあげてやんなよ、傘は友助《ともすけ》んとこへでも忘れて来たんだろう、ああ人ごこちがついたら腹が減ってきた、早いとこそいつを温《あっ》ためて貰うべえ」

「あいよ、さあおまえお掛けな、足を拭《ふ》いてあげるから」

お常は残った湯で雑巾《ぞうきん》を絞り、おせんを上り框《がまち》に掛けさせて、泥にまみれ、凍えて紫色に腫《は》れた足を手ばしこく拭いてやった。

二

おせんのそういう状態はかなり長く続いた。烈《はげ》しい感動からきた精神的虚脱とでもいうのであろう。もちろん白痴になったわけではない、その期間に経験したことは夢中のもののように朧げではあるがそれでも断片的にはたいてい記憶に残った。ただそれ以前のことがまるで思いだせない、猛火に包まれた苦しさと、お祖父さんと誰かが死んだことは、遠いむかしそこだけの出来事のように覚えているが、それもぽつんと断《き》れていて前後のつながりがまるでわからなかった。

彼女の新しい記憶はお救い小屋*から始まっていた。それは蓆掛けに床を張っただけの、うす暗くて風の吹きとおす寒い建物で、身動きもならないほど人が混み合っていた。四五日いたのだろうか、赤児が泣くので隅へ隅へと追われた。自分がわからないありさまだし、もとより赤児の世話などしたことがないから、なかば夢のように揺ったり頬ずりしたりするばかりだった。憐《あわ》れがって乳を呉《く》れた女もいた。おむつを替えて、なお三組ばかりわけてくれた女房もあったが、長くは続かず、やがて小屋から押し出されてしまった。そうしてふらふら歩きまわっているうち、勘さんに呼びかけられてその住居へひきとられたのである。

——それから毎日、赤児を負《おぶ》ってはよく歩きまわった。誰かに呼ばれているような、誰かを捜さなければならないような気持で、ときには上野から湯島あたりまでうろうろしたこともある。しかし大川のほうへは決してゆかなかった、そこはひじょうに怖ろしい、遠くからちらちらと水を見るだけでも、身の竦《すく》むような恐怖におそわれるのである、理由はわからないが本能的にそっちへゆくことは避けた。……歩きまわることがやまると施粥を貰う行列に並びだした。お粥は勘さんが貰って呉れるので、むろんそのために並ぶのではない、そこには大勢の人がいた、いつも違った顔を見、違った話が聞ける、そこにいれば自分の捜すものがみつかるかもしれない、また自分を呼んでいる者にゆき会えるかもしれない、そういう漠然とした期待に唆《そそ》られるからであった。

——あの晩の火事は二ヵ所から出たんだってよ、一つは本郷追分《ほんごうおいわけ》から谷中《やなか》までひと舐めさ、こっちはおめえ小石川から出たやつが上野へぬけてよ、北風になったもんで湯島から筋違橋《すじかいばし》、向《むこ》う柳原《やなぎわら》、浅草は瓦町《かわらちょう》から茅町《かやちょう》、その一方は駿河台へ延びて神田を焼きさ、伝馬町《てんまちょう》から小舟町《こぶなちょう》、堀留《ほりどめ》、小網町《こあみちょう》、またこっちのやつは大川を本所《ほんじょ》に飛んで回向院《えこういん》あたりから深川永代橋《えいたいばし》まできれえにいかれちゃった、両国橋あたりじゃ焼け死んだり川へとびこんで溺《おぼ》れたりした者がたいへんな数だって云うぜ。

そんな話もその行列の中で聞いた。

——聖堂《せいどう》も湯島天神も焼けちゃったからな。

──回向院の一言観音《ひとことかんのん》の御本尊は山門におさめてあったものさ、ところが十一月はじめのある夜、観音さまが住持の夢枕に立って、ここでは悪いからおろせと仰《おっ》しゃる、そこで本堂へ移すと、二十二日の地震よ、山門は倒れてめちゃめちゃだ、追っかけて二十九日の大火に回向院はあのとおりさ、げんあらたかだてえんでいまたいそうな参詣人《さんけいにん》だそうだ。

──地震のあとで火事、おまけに今年は凶作だというから、火を逃れても餓え死《うえじに》をする者がだいぶ出るぜ。

そういう話もたびたび聞いたのである。殊《こと》に関東八州の凶作はあらゆる人々の懸念《けねん》のたねで、相当の餓死者が出るだろうということは耳の痛くなるほど聞かされた。けれどそういうきびしい話も、その頃のおせんにとってはまるで縁のない余所《よそ》ごとのようなものであった。

勘さんは勘十といって向う両国に住んでいた。そこで煎餅《せんべい》屋をしていたのであるが、あの夜の火で焼けだされた。そのとき妻の妹を死なせたそうであるが、その始末もせずに勘さんは下総《しもうさ》の古河《こが》へとんでいった。そこには妻の実家が百姓をしている、彼はその家へいって藁や縄や蓆や空俵などを多量に買い入れ、舟と車とですぐ送る手筈《てはず》をきめて帰った。これらはみな家を建てるのにぜひ必要なものだ、勘さんはそれで商売にとり付こうと思ったのである。──材木問屋の梶平におさな馴染《なじみ》の友助という男が帳場をしていた、その男の手引きで現在の場所へ住居を建て、さっそく注文をとってまわったが、思ったよりうまくいって、半月ほど経つうちには「藁屋の勘さん」とすっかり名を知られるようになった。こうした事情をおせんが知ったのはずっとのちのことである、勘さん夫婦はごくしまった性分らしく、家で米を買っていながら施粥でちゃんと貰うし、おもても飾らず物の使いぶりも倹《つま》しい、商売が忙しくなっても人を雇うようすはなかった。……そんな風でいておせんの世話をよくして呉れたのは、下町人の人情もあるだろうが、火事で死んだお常の妹と年ごろが似ているそうで、それが夫婦の同情をひいたのだということも、かなり時日が経ってからわかったことであった。

おせんはごく僅《わず》かずつ恢復《かいふく》していった。まだはっきりとはしないが、勘さん夫婦と自分が他人であること、自分がなにか非常に不幸なめに遭ったこと、抱いている赤児が自分の子でないことなど、――そして困るのは夫婦の者がその子をおせんの実の子だと思っていることだった。そうではないと云っても信じて呉れない。記憶があいまいで説明することはできないが、繰り返して主張すると、「まだあたまが本当でないのだからそんなことは考えないほうがいい」などと云って相手にならなかった。それだけならまだいいけれども、十二月中旬ごろだったろう、新しく人別《にんべつ》*を作るということで、町役の人たちが来て赤児とその父親の名をきかれた。おせんはなにも云えなか

ったが、勘さんがすぐに、

「これはあの晩の騒ぎであたまを悪くしてますから」

と、代りに答えて呉れた。

「なにしろお祖父さんと誰とかが死んじまったていことは知ってるだが、そのほかのことはなにも忘れちまったらしいんですよ、自分の名はおせん、赤ン坊はこう坊って呼んでますが、幸吉《こうきち》とか幸太郎とかいうんでしょう、そいつも覚えちゃいねえようです」

「父親知れず、母おせんか」町役の人はなんの関心もなくそう書き留めた、「――それじゃ子供の名は幸太郎とでもしておくか」

おせんはこの問答を黙って聞いていたのだが、幸太郎という名が耳についたとき危うく叫びそうになるほど吃驚《びっくり》した。なぜそんなに驚いたのか自分もわからない、ただその名が自分にとって不吉な、たいへん悪い意味のものだという感じだけは慥《たし》かだった。町役の人たちが去ってから、彼女はお常にこう訊《たず》ねた。

「おばさん、どうしてみんなこの子の名をこう坊って呼ぶんですか」

「それはあんたが初めにそう呼んだからじゃないの」お常は妙な顔をした、「――毎晩のように幸さんってうわ言を云ってたのよ、それであたしもうちのひともこの子の名だろうと思って呼んできたんだわ、そうじゃなかったのかえ」

「ええ違うんです、それは違う人の名なんです、あたしこの子の名は知らないんですもの」

「そんなら人別にそう書いちまったんだからそうして置きな、幸太郎ってちょっとすっきりした男らしい名じゃないの」

おせんは眉をしかめ、頭を振りながらなにか口の内でぶつぶつ呟《つぶや》いていた。いけない、その名を付けてはいけない、その名だけは決して、――だがなぜだろう、どうしてそんなに悪いだろう。その理由はそこまで出ている、もうひと息でそのわけがわかる、おせんはけんめいに思いつめていった、すると頭の中できらきらと美しい光の渦が巻きはじめ、全身の力がぬけるような気持で、赤児を負ったままそこへ倒れてしまった。

――それからまた痴呆《ちほう》のような虚脱状態にもどったので、これはそののちも一種の癖のようになった。ひじょうに驚くとか、ながく一つことを思いつめるとかすると、あたまが混沌《こんとん》となって数日のあいだ意識が昏《くら》んでしまう、そしてその期間にはまたあの怖《おそ》ろしい火焔《かえん》や、煙に巻かれて苦しむ人の姿がみえ、哀《かな》しい訴えるような声が聞えるのであった。

赤児は丈夫に育っていった。肥えてはいないが肉付きの緊まった、骨のしっかりしたからだつきでお常のみたところでは百日前後らしかった。乳は梶平の帳場をしている友助の妻のを貰った、ちょうど同じ月数くらいの子があり、絞って捨てるほどよく出る乳だった。住居も二町*ばかりしか離れていないで、日になんども通うのにも都合がよかった。夜なかの分は片口*に絞って置いて呉れる、それを温めたり水飴《みずあめ》を溶いたりして与えた。――初めはそばから教えられるままに、なんの感情もなくやっていたのであるが、毎日そうして肌を離さず世話をしているうち、しぜんに愛情が移ったのであろう、泣き方で空腹なのかおむつが汚れたのかわかるようになったし、添寝《そいね》をしていて少し動くと、眠ったまま背を叩《たた》いたり夜具を掻《か》き寄せたりするようにもなった。年を越すと赤児は笑い顔をしはじめ、ときにはなにか話でもするような声をだした。眼つきもしっかりしてきて、こちらを意味ありげにみつめたりする。そんなようすを見るとおせんは擽《くすぐ》られるような、切ないような気持になり、思わず抱き緊めては頰ずりをするのであった。

「あらそう、可笑《おか》しいの、幸ちゃんそんなに可笑しいの、へえ、そうでちゅか」それから急にまじめな顔をして睨《にら》む、「――いけまちぇん、お母ちゃんのこと笑ったりしちゃいけまちぇん、悪い子でちゅね、めっ」

そしてこの子とさえいっしょにいればそのほかの事はどうなってもいい、自分の幸福はこの子のなかにだけある、などと思うのであった。

三

三ヵ所にあった施粥小屋《せがゆごや》も十二月の末までで廃止になった。焼け跡もずんずん片付いて、翌年の二月ころになると道に沿ったところはあらかた家が建ち並んだ。もちろんそれは表がわのことで、裏へはいると蓆掛《むしろが》けのほったて小屋がたくさんある。これらのなかには「どうせまたすぐ焼けちまうんだ」と悟ったようなことを云っていて、そのとおりまもなく次の火事で焼かれ、「へん、どんなもんだい」などとへんないばり方をする者などが少なからずいた。

――家は建ってゆくが町のようすはだいぶ変った。当時は大火などのあとでよく道筋や地割の変更がある、そのときも両国橋から新大橋《しんおおはし》まで、河岸《かし》に沿って新しく道が出来た。浅草橋御門からこっちでは、瓦町と茅町二丁目の表通りから大川端まで九割がた町家が取払いになり、松平《まつだいら》なにがしの下屋敷《しもやしき》*と書替役所《かきかえやくしょ》が建つことに定《きま》った。そのため梶平の仕事場が一丁目へ割り込んだので、順送りに勘十の住居なども平右衛門町へ移らなければならなかった。

――大きな火事があると住む人たちの顔ぶれも違ってくる、俗に一夜乞食《こじき》*といって、家倉を張った大商人《おおあきんど》が根こそぎ焼かれて、田舎へ引込むとか他の町へ逼息《ひっそく》するなどということも珍しくないし、貸家ずまいの者などは殆《ほと》んどが移転してしまう、その土地でなければならない条件のある者は別として、同じ町内へ戻って来る者の数はごく少なかった。……仮にもし町のようすがそんなに変らなかったら、そしてもとの町内の人たちがいてくれたとしたら、もう少し早くおせんの記憶力がよびさまされ、自分の身のうえや過去のことを思いだしたであろうし、したがって後にくるような悲しい出来事はなかったに違いない。おせんのためには不幸な、だがどうしようもない偶然の悪条件は、こうして早くも彼女のまわりに根を張りだしたのであった。

二月にはいってから、おせんの頭はしだいにはっきりし始めた。子供の世話をするひまひまに、炊事や洗濯くらいは出来るようになり、灯《あかり》のそばで縫いつくろいなどしていると、すっかりおちついて顔色も冴《さ》えてみえる。

「あら、おせんちゃんはきれいなんだね、今夜はまるで人が違ったようじゃないの」お常がそんな風に眼をみはることもあった、「――それだけよくなったんだね、自分でそんな気持がしやあしないかえ」

「ええ頭が軽くなったような気がするわ、なんとなくすうっとしてなにもかも思いだせそうになるの、ひょいと誰かの顔がみえるようなこともあるんだけれど」

「あせらないがいいよ、そうやってひとところおりなにかが出来るようになったんだから、もう暫《しばら》く暢気《のんき》にしているのさ、そのうち本当におちついてくればすっかりわかるようになるからね」

「おばさん本所の牡丹屋敷って知ってて」

「四《よ》つ目の牡丹《ぼたん》屋敷かい、あたしはいったことはないけど、それがどうかしたのかえ」

「なんだかそのことがあたまにあるの」おせんは遠くを見るような眼をした、「——誰かと見にゆく筈だったのか、それとも見て来たのか、そこがはっきりしないんだけれど、それからどこかのきれいな菊畑、……いろんなことがここのところへ出かかっているんだけれど、捉《つか》まえようとするとすうっと消えてしまうのよ」

「もう少しだよ、おせんちゃん、もう少しの辛抱だよ」お常はもうその話題に興味がなくなった、「——でもすっかり治って、あんたが紀文のお嬢さんだなんてことになっても、あたしたちを袖《そで》にしないでおくれよ」

世間の窮乏はその頃からめだってきた。幕府で米価の騰貴《とうき》するのを抑えたからおもてむきの価格はそれほど高くはならないが、関東一帯の凶作に加えて地震と大火のあとなので、米穀その他の必要物資は極めて窮屈になり、またその流通が利を追う少数の商人たちの手に握られているため、庶民の生活は苦しく困難になるばかりだった。

——いったい元禄《げんろく》という年代は華やかな話題が多かった、赤穂浪士《あこうろうし》のことは別として、紀文大尽《だいじん》とよばれた紀伊国屋文左衛門《きのくにやぶんざえもん》や奈良屋茂左衛門《ならやもざえもん》などの富豪が、花街や戯《ぎ》＊場《じょう》＊で万金を捨てるようなばかげた遊蕩《ゆうとう》をしたのもこの頃である。芭蕉《ばしょう》、其角《きかく》、嵐雪《らんせつ》などの俳諧師《はいかいし》、また絵師では狩野家《かのうけ》の常信《つねのぶ》、探信守政《たんしんもりまさ》、友信《とものぶ》。浮世絵の菱川吉兵衛《ひしかわきちべえ》、鳥《とり》井《い》清信《きよのぶ》。浄瑠璃《じょうるり》にも土《と》佐掾《さのじょう》、江戸《えど》半太夫《はんだゆう》など高名な人たちもたくさん出ている。これは大雑把にいって社会経済が武家から町人の手に移りつつあった現われであろうが、その反面、これら新興の富豪商人らが幕府政治の枠内《わくない》で巨利を掴《つか》むために、大多数の庶民がひじょうな犠牲を払わされたことは云うまでもない。……幕府では物価の昂騰《こうとう》を抑えたが、日傭賃を上げることを禁じた。物価はそのままだったが、じっさいになると商人たちは品物を隠して出さない、ぜひ買うには高い代価を払わなければならぬ。だが日傭賃には裏がなかった、今もっとも忙しい大工や左官*でさえ、手間賃のきびしい制限をうけた。これは一般の購買力を低くすると同時に、しぜん小さな商工業へもつよく影響した。じみちなあきないやまともな稼ぎでは、その日くらしも満足にはできなくなっていった。世帯をしまう者、夜逃げをする者、乞食が殖え、飢える者が出はじめた。

「浅草寺の境内にまたゆき倒れが五人もあったってさ」

「なかに死んだ赤ん坊を負った女がいたそうじゃないの、まだ若いんだって、そばには御亭主も倒れていたけれど、動かせないほどのひどい病人だったって話よ」

「いやだねえ、昨日は御厩河岸《おうまやがし》に親子の抱き合い心中があがったし、なんて世の中だろう」

「いつになっても泣くのは貧乏人ばかりさ、ひとごとじゃあないよ」

そんな話が毎日のように出た。

三月になって年号が宝永《ほうえい》と改まった。ちょうど季節が春であったし、この改元は新しい希望を約束するようで、いっとき世間が明るくなったように見えた。しかしなに一つよくはならなかった。新しく建てる家はごく手軽にすべしとか、贅沢《ぜいたく》な品の贈答はならぬとか、祝儀《しゅうぎ》や不祝儀の宴会はいけないとか、富籤《とみくじ》は禁ずるなどという、緊縮の布令《ふれ》が出るばかりで、むしろ不況の度はひどくなっていった。

——焼け跡の木々にも新芽がふくらみはじめた。きみの悪いくらい暖かな日があるかと思うと、冬でもかえったように、とつぜん気温が下り、烈しい北風がいちめん茶色になるほど埃《ほこり》を巻きあげたりした。或《あ》る日、おせんが表で子供を遊ばせていると、長半纏《ながばんてん》にふところ手をした男が通りかかり、こっちを見て吃驚《びっくり》したように立停った。

「おや、おめえおせんちゃんじゃあねえか」

おせんは訝《いぶか》しげに顔をあげた。

「やっぱりおせんちゃんか」男は親しげに寄って来た、「——よくおめえ無事だったな、てっきり死んじまったとばかり思ってたぜ、おら正月こっちへ帰ったんだが、近所の知った顔にまるっきり会わねえ、おめえもやられたと思ってたんだが、なにはどうした、爺《じい》さんは、やっぱり無事でいるのかい」

おせんは子供を抱きあげ、不安そうにじりじりと戸口のほうへさがった。

「なんだえそんな妙な顔をして、おらだよ、山崎屋の権二郎《ごんじろう》だよ、忘れたのかい」男は片手をふところから出した、「――まさか忘れる筈はねえだろう、ほら、おめえんちのすぐ向いにいた権二郎だよ」

「おばさん、来て」おせんは蒼《あお》くなって叫んだ、「――おばさん来て下さい」

悲鳴のような叫びだった。お常は洗濯をしていたらしい、濡《ぬ》れ手のままとびだして来ると、慌《あわ》てておせんを背に庇《かば》った。

「どうしたんです、この子がなにかしたんですか」

「冗談じゃねえ、なんでもねえんだよ」男は苦笑しながら手を振った、「――おらあこの娘を知ってるんで、いま通りがかりに見かけたからちょっと声をかけたんだよ」

「このひとを知ってるんですって」

「向う前に住んでたんだ、いま取払いになっちまったが三丁目の中通りで、この娘のうちは研屋、おらあ山崎屋という飛脚屋の若い者で権二郎っていうんだ」

「まあそうですか」お常はほっとしたように前掛で手を拭《ふ》いた、「――このひとは火事の晩にどうかしたとみえて、以前のことはなんにも覚えちゃいないんですよ、ついした縁であたしたちがひきとってお世話してるんですけれど、じゃあ親類かなんかあるんでしょうか」

「そいつはおいらも知らねえが、茅町二丁目に杉田屋てえ頭梁《とうりょう》があった。そこの若頭梁がよく出入りしていたっけよ」男はこう云っておせんのほうを眺め、ふと唇を歪《ゆが》めて妙な笑いかたをした、「――そこに抱いているのはおかみさんの子供かね」

「いいえ、このひとのなんでしょう、ひきとったときもう抱いてたんですよ」

「へええ、やっぱりね」

「この子の親を知ってるんですか」

権二郎はにやりと笑った。それからおせんの顔と子供を見比べ、肩をしゃくって嘲《あざけ》るようにこう云った。

「いま云った若頭梁に聞けあわかる、生きてさえいりゃあね」

そして自分には関係がないとでも云うように、よそよそしい顔をして去っていった。お常はそのうしろ姿を見やりながら、なんていやみったらしい人だろうと舌打ちをした。

「おせんちゃんあの男を覚えていないのかえ」

「いいえ」おせんは硬《こわ》ばった顔で、まだしっかりと、子供を抱いていた、「――いいえ知らないわ、あたし、あんなひと、誰かしら、幸坊を取りに来たんじゃないかしら」

「そんなんじゃないよ、もとあんたの近所にいて知ってるんだってさ、それならそれでも少し挨拶《あいさつ》のしようがあろうじゃないか、歯に衣《きぬ》をきせたようなことを云って、ひとをばかにしてるよ、こんど会っても知らん顔をしておいで」

お常はこう云って裏へ去った。

四

勘十はこの話を聞いて、梶平へでかけていった。杉田屋が大工の頭梁なら、梶平に消息を知った者がいるかもしれないと思ったのだ。友助に話してきいて貰《もら》うと、主人の久兵衛が知っていた。けれどもそう親しくはなかったもようで、頭梁の巳之吉《みのきち》は火事のとき腰骨を折り、女房を伴《つ》れて水戸のほうへ引込んでしまった。が、その後は便りがないからわからないということだった。

「ところがわかっていねえというんだから手紙の出しようもねえ」帰って来た勘十はお常にこう云った、「——幸太てえ若頭梁もいたそうだが、これもあの晩どっかで死んだらしいってよ、おせん坊もよっぽど運がねえんだな」

こんなことがあってまもなく、神田川の落ち口に地蔵堂が出来た。その付近で火に焼かれたり川へはいって死んだりした者の供養《くよう》のためで、浅草寺からなにがし上人《しょうにん》とかいう尊い僧が来て開眼式《かいげんしき》がおこなわれ、数日のあいだ参詣《さんけい》の人たちで賑《にぎ》わった。——おせんもすすめられて、お常といっしょに焼香をしにいった。そしてあれ以来はじめて大川をまぢかに眺めた。

「此処《ここ》に橋があればよかったんだ」

参詣人のなかでそんな話をしている者があった。

「まったくよ、どんなに小さくとも橋があればあんなにたくさん死なずに済んだんだ、なにしろ浅草橋の御門は閉る、うしろは火で、どうしようもなく此処へ集まっちゃったんだ、見られたありさまじゃなかったぜ」

「橋を架けなくちゃあいけねえ、どうしても此処にあ橋が要るよ」

「そんな話も出ているそうだぜ」

おせんは河岸に立ってじっと川を眺めていた。少し暑いくらいの日で、満潮の川波がまぶしいくらい明るく光り、かなり高く潮の香が匂ってくる。両国広小路のほうにはもう水茶屋が出来て、葭簾《よしず》張りに色とりどりの暖簾《のれん》を掛けた小屋が並び、客を呼ぶ女たちの賑やかな声が聞えていた。――おせんは口の中でなにか呟《つぶや》いた。河岸に並んでいる古い柳、それはみんなまっ黒に焦《こ》げているが、枝の付根や幹のそこ此処からたいてい新しい芽が伸び、鮮やかな緑の葉が日にきらめいていた。おせんはその柳の並木を見まもった、なにかしら記憶がよみがえってくる、たぷたぷと波の寄せる石垣にも、水茶屋の女たちの遠い呼びごえにも、そして焦げたまま芽ぶいているその古い柳からは、誰かなつかしい人の話しかける言葉さえ聞えるようだ。……おせんは苦しそうに眉《まゆ》をしかめ、じっと眼をつむったり、頭を振ってみたりした。記憶はそこまで出ている。針の尖《さき》で突いてもすべてがぱっと明るくなりそうである。動悸《どうき》が高く、胸が熱くなって、額に汗がにじみだした。

「まあこんなとこにいたのかえ」

子供を抱いたお常が、こう云いながら近寄って来た。参詣する人たちの混雑で見はぐれていたらしい。

「どこへいったのかと思って捜してたじゃないの、どうしたのいったい」

「あたし此処に覚えがあるの」お常のほうは見ずにおせんがこう呟いた、「——あたし此処を知っているわ、いつのことかわからないけれど、慥《たし》かに覚えがあるし、それに、誰かの顔も見えるわ」

「たくさん、たくさん、そんなことであたまを使うとまたぶり返すよ、さあもう帰ろうおせんちゃん」

唯《ただ》ならぬ表情をしているので、お常はこう云いながら腕を取ってせきたてた。そのときおせんは「庄さん」と呟いた。お常に腕を取られたとたんに、ふっとその名が、あたまにうかんだのである。

「ああ」

おせんは身をふるわせ、両手の指をきりきりと絡《から》み合せた。

「――庄さん」

「おせんちゃん、どうしたのさ」

「おばさん、わかってきた、あたしわかってきたわ、庄さん、――と此処で逢った、あのひとは此処から上方《かみがた》へいったのよ」

「いいからおせんちゃん」お常は不安そうに遮った、「――とにかく家へ帰ろう、ね、幸坊がもうおなかをすかしてるよ」

「待って、もう少しだわ、だんだんわかってくるの、そうよ、庄さんは上方から手紙を呉《く》れたわ」

おせんは両手で面《おもて》を掩《おお》った。いろいろな影像があたまのなかで現われたり消えたりする。黄昏《たそがれ》の河岸、柳の枝から黄色くなった葉がしきりに散っていた。

――おれの帰るのを待っていて呉れるな、おせんちゃん、それを信じて、安心しておれは上方へゆくよ。

蒼白い思いつめたような庄吉の顔が、いま別れたばかりのようにありありとみえる。それから戸板で担《かつ》ぎこまれたお祖父さん、裏のさかな屋の女房、露次ぐちにあった棗《なつめ》の樹《き》、幾つもの研石や半挿《はんぞう》*や小盥《こだらい》のある仕事場、みんなはっきりと眼にうかんできた。杉田屋のおじさんもお蝶《ちょう》おばさんも、幸太のことも。……おせんは顔を掩っていた手を放し、涙のたまった眼で、お常に頬笑みかけた。

「おばさん、あたしもう大丈夫よ」

「ああわかってるよ」お常はほっとしたように、しかしまだ半分は疑いながら頷《うなず》いた。「――時が来さえすればよくなるんだから、とにかくいちどに考え過ぎないほうがいいよ、さあ帰りましょうね、幸坊」

「あたしが抱くわ、幸ちゃん、さあいらっちゃい」

おせんは幸太郎を抱きとり、固く肥えたその頬へそっと自分のをすりよせた。

それからは日にいちどずつ、願を掛けたようにお地蔵さまへおまいりにいった。あたまもはっきりしてきたし、気持もしっかりおちついて、からだにも精がはいったような感じである。例えば洗濯をしているとき、はっきり自分が洗濯をしているということを感ずる。道を歩きながら、自分がちゃんと地面を踏んで歩いていることを感ずる。あたりまえじゃないの、こう思いながらその「あたりまえ」が慥かなものだということに、形容しようのない嬉しさを覚え、われ知らずそっと微笑するのであった。

――おまいりをする往き来《ゆき》には河岸を通って、いっときあの柳の樹の下に佇《たたず》むのが定《きま》りだった。幹や大枝のすっかり焼け焦げたその樹は、そこ此処から新しい芽や若枝を伸ばしたもののそれが成長するだけのちからはないとみえ、若い枝はいかにも脆《もろ》そうだし、葉はもう縮れたり黄色くなったりしはじめた。けれどもおせんがその樹蔭《こかげ》に立てばなにもかもかえってくる、縦横に条《すじ》のはいった灰色の幹も、暗くなるほどしだれた細いたくさんの枝も、川風にひらひら揺れている茂った葉も、……庄吉の姿がそこにみえる、彼は笑おうとして泣くようなしかめ顔をしている、乾いたせかせかした声で、じっとこちらを見つめながら話す、それはますますはっきりと、いま耳もとで囁《ささや》かれるようによみがえってくる。

——待ってて呉れるね、おせんちゃん、おれの帰るまで、おれの帰るまで……。

勘十の商売はひと頃ほど儲《もう》からなくなっていた。家を建てるにはごく手軽にというお布令もあったし、それ以上一般の不況が祟《たた》って、ちゃんとした家を建てるものはごく少なく、なかにはお布令をしりめにみるような豪奢《ごうしゃ》な建物もなくはないが、たいていが仮造りでまにあわせるという風で、それも三月にはいってからはいちおう建つものは建ったというかたちで大きな注文が殆《ほと》んどなくなってしまった。古河のほうへはその後も大量に買いつけてあったので、四月になっても送られて来る荷が、はけきれないまま物置からはみだし、空地に積まれて雨ざらしになるという始末だった。——売った代銀《だいぎん》*の回収も思うようにいかないようで、荷主からの督促に追いかけられ、その云いわけや、買いつけたあとの荷を断わるために、勘十が幾たびも、古河へいったりした。

「馴《な》れねえことに手を出すもんじゃあねえ」

こんな風に云って溜息《ためいき》をつくことが多くなり、百姓たちの狡猾《こうかつ》さや、大工左官の親方たちのずるがしこさを罵《ののし》った。更《ふ》けてから行燈《あんどん》のそばで財布をひろげ、帳面と算盤《そろばん》を前に夫婦でながいことひそひそなにか話している、そんなときおせんは幸太郎と添寝をしながら、世の中のくらしにくさ、生きてゆくことの艱難《かんなん》を思い、冷たい隙間風《すきまかぜ》に身を曝《さら》しているような、さむざむとした心ぼそさにおそわれるのであった。

末すぼまりになったとはいえ、そのままでゆけばとにかくその商売にとりつくことはできたかもしれない。荷のはけも悪く儲けも少なくなったが、「藁屋《わらや》」としてはかなり知られてきたので小さなあきないはそれ相当にあった。また近いうちに町家を取払った跡へ書替役所《かきかえやくしょ》が建つそうだし、松平《まつだいら》なにがしの下屋敷《しもやしき》も地どりを始めたから、もしてがかりがつけばかなりな仕事になる。それでそのほうへも内々できっかけをつけていたのだが、不運なことにそこへ水禍が来て、すべてを押流されるようなことになってしまった。

――その年はから梅雨のようで、五月から六月の中旬まで照り続け、近在では田植あとの水が不足で困っているという噂《うわさ》もたびたび聞いた。それが六月十五日から雨になるとこんどはやむまもなく降りだし、三十日から七月の一日二日にかけて豪雨、それこそ車軸をながすようなどしゃ降りとなった。

「二度あることは三度というが、こいつはことによると水が出るぜ」

そう云う者もあったが、老人たちはたいてい笑って、

「昔からなが雨に出水《でみず》*はないと云うくらいだ、心配するほどのことはないさ」

こんな風に云っていた。しかし、あとでわかったことだが、この豪雨は関東一帯に降ったもので、刀根川《とねがわ》や荒川の上流から山水が押し出し、下総猿《しもうささる》が股《また》のほか多くの堤が欠壊したため、隅田川の下流は三日の深夜からひじょうな洪水にみまわれたのであった。

五

幸太郎は粥《かゆ》を喰《た》べるようになってから却《かえ》っておせんの乳房を欲しがった。起きているときはさほどでもないが、寝るときは握っているか口に含んでいないと眠らない。初めはとても擽《くすぐ》ったくて我慢できなかったが、どうしてもきかないので少しずつ触らせているうち、慣れたというのだろうか、その頃ではさして苦にもならず、どちらかといえば自分から与えてやるようにさえなっていた。

「吸っちゃあいやよ、幸ちゃん、吸うと擽ったいからね、ただ銜《くわ》えてるだけ、そう、そう、こっちのお手々もそうやって握るだけよ、乳首をつままないでね、ああちゃんとってても擽ったいんだからね、そうそう、そうやっておとなしくねんねするのよ」

添寝をして片乳《かたぢ》を口に含ませ片乳を握らせていると、ふしぎな一種の感情がわいてきて、思わず子供を抱きしめたり頰を吸ってやりたくなることがある、からだぜんたいが、あやされるような重さ、こころよいけだるさに包まれ、どこか深い空洞へでも落ちてゆく陶酔と、なんのわずらいも心配もない安定した気持とを感ずるのであった。

——三日の夜は幸太郎の寝つきが悪く、いくたびも乳をつよく吸っておせんを驚かした。十時ころにいちど用を達《た》させ、それから少しうとうとしたと思うと、痛いほど激しくまた乳を吸われた。からだじゅうの神経がひきつるような感覚におそわれ、おせんは思わず声をあげて乳を離させた。

「いやよ幸ちゃん、吃驚《びっくり》するじゃないの、どうして今夜はそうおとなしくないの」

「ああちゃん、ばぶばぶ、いやあよ」

「なあに、なにがいやなの」

こう云って頭をもたげたとき、すぐ表のところで水の中を人の歩く音が聞えた。まだ眠けはさめきっていなかったが、おせんはただごとでないと思ってとび起き、

「おばさん、おばさんたいへんよ」

と、叫びだした。

それからあとの出来事は記憶が慥かでない。勘十がまず表へ見に出ようとして、「これあいけねえ土間がもういっぺえだ」と喚《わめ》いたこと、なにかを取出したり包んだりする夫婦のひどく狼狽《ろうばい》したようす、すぐ近くで「水だ、水だ、みんな逃げろ」と呼びたてる声がしたこと、幸太郎を背負って、てまわりの物を包んで、お常の手から奪

うようにかなり大きな包を受取って、裏へ出るとそこがもう膝《ひざ》につく水だったこと、まっ暗な夜空に遠くの寺で撞《つ》く早鐘*や半鐘の音が、女や子供たちの呼び交わす悲鳴とともに、悪夢のなかで聞くようなすさまじい響きを伝えていたことなど、殆んどがきれぎれの印象としてしか、残っていなかった——そのなかで忘れることのできないのは、背に負《おぶ》った幸太郎のことである。おせんは怖がらせまいと思って、絶えずなにかしら話しかけていた。

「ほらじゃぶじゃぶ、おもちろいわねえ、じゃぶじゃぶ、みんなしてじゃぶじゃぶ、幸坊も大きくなったらじゃぶじゃぶねえ」

「ああちゃん、ばぶばぶ、おもちよいね、はは」

子供は背中ではねた。笑いごえもたてた。しかし同時に震えていた。怖いのだ、怖いけれども自分でそれをまぎらわそうとしている、こんな幼い幸太郎が、……おせんはいじらしさに胸ぐるしくなり、いくら拭《ふ》いても涙が出てきてしかたがなかった。

「強いのね幸坊は」おせんは首をねじるようにして頬ずりした、「——なんにも怖くはないのよ、ね、じゃぶじゃぶ、みんなで観音さまへいきまちょ、はいじゃぶじゃぶ」

勘十夫婦とどこではぐれたかも覚えはなかった。猿屋町《さるやちょう》あたりでお常が忘れ物を思いだし、「あれだけは」と泣くような声をあげた。諦《あきら》めろとか引返すとか云うのを聞きながら、揉《も》み返すひとなみに押されてゆくうち、気がついてみると二人はみえなくなっていた。湯島の天神さまへということはうちあわせてあったので、いずれは会えると思い、そのまま避難者の群といっしょに湯島へいってしまったが、それが勘十夫婦との別れになったのであった。

聖堂の裏の空地に建てられたお救い小屋で、おせんはまる十日のあいだ窮屈なくらしをした。そのあいだにずいぶん捜しまわったが、勘十にもお常にも会えず、見たという者さえなかった。そのときの水は本所と深川を海のようにし、西岸も浅草通りを越して、上野の広小路あたりさえ道に溢《あふ》れ、四日ばかりは少しも減るようすがなかった。——だが夫婦はみがるのことでもあり二人いっしょだから、どう間違っても溺《おぼ》れるようなことはないであろう、家へ帰れば会えるにちがいないと思っていた。

水は七日めあたりから退《ひ》きはじめた。おせんは子供を負って、まだ泥水が脛《はぎ》まであるうちからなんども平右衛門町へいった。あたりはひどいありさまで、流されたり毀《こわ》れたりした家が多く、勘十の大きな物置などかたちも無かったが、住居のほうは小さいのと藁や蓆《むしろ》が絡みついたためか、少し傾いただけで残っていた。十日めには床もやや乾いたし、梶平にいる友助の女房がすすめるので、お救い小屋をひきはらって来たが、勘十夫婦はやはり姿をみせず、そのままついに会うことはできなかった。それまおせんが本当に生きる苦しさを経験したのはそれからのちのことであった。それまでは勘十とお常がいて呉れたし、半分はあたまをいためてもののけじめも明らかではなく、苦労というほどの思いはせずに済んで来た。けれどもこんどは自分のちからで生きなければならない、さいわい住居だけはある、友助の女房がいろいろ気を配って、古いものだが蒲《がま》の敷畳も入れて呉れたし、屋根や羽目板*のいたんだところも直して呉れた。まだ暑い季節なので寝起きもすぐに困りはしなかった。だがたび重なる災難で世間一般に生活のゆきづまりがひどく、誰にしても他人の面倒などみている余裕はない、おせんはまず友助の好意で材木の屑《くず》をわけて貰い、それを売り歩いて僅《わず》かに飢をしのぐことから始めた。

——庄さんは帰って呉れないかしら。

心ぼそくなるとよくそう思った。

——去年の地震や火事のことを聞かなかったのかしら、あんなにひどかったのだもの、上方《かみがた》へだって評判がいった筈《はず》だのに、もしも聞いたとしたら、せめて手紙ぐらい呉れてもいい筈だのに。しかしそのあとからすぐ自分を叱《しか》った。

——手紙のやりとりなどすると心がぐらつくから当分は便りをしない、そっちからも呉れるな、いつかはっきりとそう書いて来たじゃないの、二人が早くいっしょになるために、あのひとは脇眼《わきめ》もふらず働いているんだわ、つまらない愚痴など云っては済まないじゃないの。

秋風の立つじぶんから、おせんは足袋のこはぜかがりを始めた。まえに仕事を貰った家の親店《おやだな》だそうで、御蔵前《おくらまえ》に店があった。火事からこっち皮羽折《かわばおり》や皮の頭巾《ずきん》を作ることがたいそう流行したため、皮が高価でまわらず、足袋は木綿ひといろであったが、仕事は追われるほどあるし皮よりも手間が掛らないので、子供の相手をしながらでも粥ぐらいは啜《すす》れる稼ぎになった。——寒さがきびしくなり、朝な朝な霜のおりる頃に、おせんは仕事を届けにゆく道で思いがけない人に会った。天王町《てんのうちょう》から片町《かたまち》へはいるところに小さな橋がある。そこまで来ると横から名を呼ばれた。

「あら、おせんちゃんじゃないの」

振返ると若い女が立っていた。濃い白粉《おしろい》とあざやかすぎる口紅が眼をひいた。髪かたちも着ている物も派手なうえに品がない、誰だろう、思いだせずにいると女はふところ手をしたまま寄って来た。

「やっぱりおせんちゃんだね、·あんた無事でいたんだね」女は上から見るような眼つきをした、「——あたし死んじゃったかと思ってたよ、いまどこにいるの、それあんたの子供なのかえ」

「まあ」おせんは息をひいて叫んだ、「——おもんちゃん、あんた、おもんちゃんじゃないの」

「なんだ、いまわかったの、薄情だね」

おもんは男のように脇を向いて唾《つば》をした。おせんはぞっと身ぶるいが出た、なつかしい友である。福井町《ふくいちょう》のお針の師匠でいっしょになり、ただ一人の仲良しとしてつきあっていた。家は天王町で丸半《まるはん》というかなりな油屋だったし、彼女はそのひとつぶだねで、縹緻《きりょう》もよしおっとりとしたやさしい気質《きだて》の娘だった。それがこんなに変ってしまった、変ったというよりまるで別人ではないか、濃く塗った白粉でも隠すことのできない膚《はだ》の荒れ、紅をさしたために却って醜く乾いてみえる唇、濁ったもの憂《う》げな眼の色、そしてからだ全体の、どこか線の崩れただるそうな姿勢、病気でもあるらしい嗄《しわ》がれてがさがさした声、――どの一つを取っても昔のおもかげはない、おもんであることは慥《たし》かだが、しかしそれはもう決しておもんではなかった。なつかしいという気持は一瞬に消えて、おせんはそのまま逃げだしたくなった。

「あたしの家もきれいに灰になったよ、感心するくらいきれいさっぱりさ」おもんはひとごとのようにこう云った、「――おっ母《か》さんと小僧が焼け死んじゃった、面白いもんだね、人間なんて、お酒もろくに飲まなかったお父《とっ》つぁんが、いまじゃあ酔っぱらって泥溝《どぶ》の中で寝るし、さもなきゃ番太*の木戸へ縛りつけられてるわ、そしてこれもまんざら悪くはねえなんて、……あんた御亭主をもったの」

「いいえ、この子はそうじゃないの、あたしひとりだわ」

「どうだかね」おもんは不遠慮にこちらを眺めまわした、「あんた楽じゃないらしいね、ふん、この不景気じゃ誰だって堪《たま》らないから、飢死をしないのがめっけものさ、いまどこにいるの」

「平右衛門町の中通りにいるわ」

「変ったわねあんた」もういちどじろじろ見まわしておもんは激しく咳《せ》いた、「——なにか困ることがあったらおいでよ、あたしお閻魔《えんま》さまのすぐ裏にいるからね、もしなんなら少しお小遣をあげようか」

そしてふところ手の肩を竦《すく》め、唾をして向うへゆきかかったが、ふとなにか思いだしたというように振返って云った。

「ああおせんちゃん、あんた庄吉っていうひと知ってるかい」

六

おせんは首を振った。それが自分の庄吉であろうとは夢にも思えなかったのだ。

「知らないの、へんだね」おもんはちょっと考えるように、「——あんたのことをとてもしつっこく訊《き》くんだよ、上方《かみがた》へいってこんど帰って来たんだって、じゃあひと違いなんだね」

おせんはああと叫び声をあげた。

「そのひと、おもんちゃん、そのひとどうしたの、あんた会ったの、どこで」

「あらいやだ、知ってるの」
「ええ知ってるわ」おせんは恥ずかしいほど声がふるえた、「教えて、いつ来たのそのひと、どこにいるの」
「そんなことわからないよ、お客で会ったんだもの、どこで聞いたのかあたしがおせんちゃんと仲良しだというんで来たらしいわ、そう、一昨日の晩だったかしら、あたし生き死さえ知らないからそう云ったら、――そうそう、あたしあたまが悪いな、思いだしたよ、そのひと杉田屋の幸太さんのこと云ってたわ」
「幸さんのことを、……なんて、――」
「そんなこと覚えちゃいないさ、半刻《はんとき》ばかりじくじく云って、酒もひと猪口《ちょく》かふた猪口のんだくらいで帰っていったよ、あれ、あんたのなにかなのかい」
「どこにいるか云わなくって、あんたのところへまた来やしない」
「わからない、あたしあなんにも知らない、ただ思いだしたから聞いてみたまでのことさ、でもなにか言伝《ことづて》があるなら云ってあげるよ、たいてい来やしまいと思うけどね」
「お願いよ、おもんちゃん」息詰るような声でおせんは云った、「――会ったら云って頂戴、あたし生きてるって、平右衛門町の中通りにいるって、待っているって、そう云って頂戴、ねえ、待っているって、……」

風はないがひどく凍《い》てる夕方だった。寒いからであろう、背中でしきりに子供がぐずった、しかしおせんはあやすことも忘れた。お店《たな》へ仕上げ物を届け、手間賃と次の仕事を貰って家へ帰るまで往《ゆ》き来《き》とも殆んど走りつづけた。そのあいだに庄吉が来ているかもしれない、留守で帰ってしまったらどうしよう。そう思うと足も地につかない感じだった。

——もちろん誰も来てはいなかったし、来たようすもなかった。おせんはその夜いつまでも寝ることができず、二時の鐘を聞いてからも行燈《あんどん》をあかあかとつけ、こごえる手指に息を吹きかけながら、足袋のこはぜをかがっていた。

——本当に庄さんだろうか、もしそうならどうして此処《ここ》へ来て呉れないのだろう、おもんちゃんを訪ねるくらいなら此処だってわかる筈だのに、……それとも人が違うのかしら。

そんなことを繰り返し思った。

なか二日おいた朝、粥を拵《こしら》えているところへ友助の女房が寄った。そっと覗《のぞ》いてから、そこまでわかめを買いに来たと云い云い土間へはいって来た。乳を貰ったので、幸太郎は彼女を見ると嬉しそうに手足をばたばたさせ、わけのわからないことを喚きたてる。友助の女房はその頭を撫《な》でながら、「庄さんてひとを知ってるかえ」と云った。——おせんはびくっとして振向いた。女房はちょっと云いにくそうな調子で、

「五日ばかりまえから梶平の旦那《だんな》のところへ泊ってるんだがね、なんでもあんたを知っているらしい、あたしゃなんだかわからない、うちのが聞いて来たんだけれどね」

「おばさん」おせんは叫んで立上った、「——そのひとまだいるの、梶平さんにまだいるのそのひと」

「今日はまだいるわ、でももうどこかへゆくらしいんだよ、あたしゃよく知らないんだけれどね、うちのが聞いた話だとなにかあんたとわけがあるらしい、それでちょいと耳に入れて来いと云われたもんだからね」

「有難う、おばさん、あたし会いたいの」おせんは息をはずませて云った、「——すぐにも会いたいの、おばさん、この子に喰《た》べさせたらゆくから会わせて頂戴」

「ああおいでよ、うちのがああ云うんだからなんとか出来るさ、でもあのひととあんたとどんなわけがあるの」

「あとで、あとで話すわ、おばさん、あたしすぐいきますからね」

子供に粥を喰べさせるあいだも、もどかしいおちつかない気持で、思わず叱る声のとげとげしさに幾たびもはっとした。自分は喰べないでそこそこにしまい、子供を抱いて梶平へいった。——仕事場のほうからはいってゆくと、店の裏にある長屋のかどぐちに、友助の女房が子供を負《おぶ》って誰かと立ち話をしていた。おせんが近寄ってゆくと、手を出してすぐに幸太郎を抱きとり、「向うの置き場のところにおいでな」と云って、あたふた店の脇のほうへいった。

新しい木肌《きはだ》をさらして、暖かい日をいっぱいにあびて、角《かく》に鋸《ひ》いた材木がずらっと並んでいる。あたりは酸《す》いような木の香がつよく匂い、すぐ向うの小屋から職人たちの鋸いたり削ったりする音が聞えてくる。おせんは苦しいほどに胸がときめいた、たぶん蒼《あお》くなっているだろう、そう思って額から両の頬を手でこすった。あしかけ三年ぶりである、白粉をつけ紅をつけたかった、髪も結い着物も着かえて、いくらかでも美しい姿をみて貰いたかった。しかし生きているだけが精いっぱいのくらしである、辛うじて死なずにやっている身のうえでは、紅白粉どころか、丈夫でいることを、せめてもの自慢にするほかはなかった。——うしろに足音がした。おせんは全身のおのきにおそわれ、こらえ性もなく振返った。そこには庄吉がいた。まぎれもない庄吉が縞《しま》の布子に三尺を締めて、腕組みをして、灰色の沈んだ顔をしてこっちを見ていた。

「庄さん」おせんはくちごもった、「——あんた、帰ったのね」

庄吉は投げるように云った。

「ああ、だが帰らなきゃよかったよ」

おせんにはその言葉が耳にはいらなかった。とびつきたかった、向うでとびついて呉れると思った。からだが火のように熱く、あたまがくらくらするように感じた。

「そしてもう、ずっとこっちにいるの」

「どうするか考えてるんだ、——もういちど上方《かみがた》へいってもいいし、……こっちにこのままいてもいいし、おんなしこった」

「あたし、ねえ」おせんはそっとすり寄ろうとした、「——庄さん、あたし、ずいぶん辛いことがあったのよ」

庄吉はすっと身を退《ひ》いた。組んでいた腕を解き、凄《すご》いような眼でこっちを見た。

「そんなことまで云えるのか、おせんちゃん、おれに向って辛いことがあったなんて、それじゃあおれは辛くはないと思うのか」

「どうして、庄さん、どうしてそんな」

「おまえは、あんなに約束した、待っているって、おれの帰るのを待っているって、おれはそれを信じていたぜ、お前の云うことだけは信じられると思って、それこそ冷飯に香《こう》こ*で寝る眼も惜しんで稼いでいたんだぜ」

「だってあたし、どうして、……あたしちゃんと待ってたじゃないの」

「じゃあ、あの子は、誰の子だ」庄吉はあからさまな怒りの眼で云った、「——地震と火事のあとで水害、困っているだろうと思って帰って来たんだ、ところがどうだ、断わっておくが云いわけはやめて呉れよ、おれは、みんな聞いたんだ、おまえの家が幸太の御妾宅《しょうたく》だと評判されていたことも、そしておまえが幸太の子を産んだことも」

おせんは笑いだした。余りに意外だったからであろう、自分ではそんな意識なしにとつぜん笑いがこみあげてきたのだ、しかし表情は泣くよりもするどく歪《ゆが》んでいた。

「笑うなら笑うがいい、おまえにはさぞおれが馬鹿にみえるだろう」

「あたしが幸さんの子を産んだなんて、あんまりじゃないの、そんなばかな話、まさか本当だなんて思やしないでしょう」

「云いわけは断わると云ってあるぜ、自分で近所まわりを聞いてみるがいい、幸太がおまえの家へいりびたりということは、去年の春あたりもう耳にはいってた、それでもおれは大丈夫まちがいはないと思ってたんだ、――ところがこんどは幸太の子を産んだと云う、そして、おれはこの眼でその子を見たんだ」

「そんな話、どこから、誰がそんなことを云ったの」

「おまえとは筋向いにいた人間さ、始終おまえのようすを見ることのできる者さ、云ってやろうか、……山崎屋の権二郎だよ」

おせんはようやく理解した。庄吉が自分を訪ねて来なかったわけ、とびつきもせず、よろこびの色もみせないわけが。それどころかたいへんな思い違いをして、自分との仲がめちゃめちゃになろうとさえしていることを。

――どう云ったらいいだろう、権二郎、ああ、あの頃からもう告げ口をしていたんだ、大阪へ飛脚でゆくたびに、このひとと会って無いことをあれこれと云ったに違いない、このひとはそれを信じている。うち消さなければならない、本当のことを知って貰わなければ、……きらきら光る眼で、じっと相手をみつめながら、けんめいに自分を抑えておせんは云った。

「あの子は火事の晩に拾ったのよ、庄さん、親が死んじゃって、ひとりでねんねこにくるまれて泣いていたの、もうまわりは火でいっぱいだったわ、あたしみごろしに出来なかったの、――これが本当のことよ、庄さん、あたし約束どおり、待ってたのよ」

おせんは両手で面《おもて》を掩《おお》い、堰《せき》を切ったように泣きだした。庄吉はながいこと黙って、冷やかな眼でおせんの泣くさまを眺めていた、それからふと低い声で、まるでなにごとか宣告するようにこう云った。

「それが本当なら、子供を捨ててみな」

「――――」

「実の子でなければなんでもありあしない、今日のうちに捨ててみせて呉れ、明日おれが証拠をみにゆくよ」

おせんは涙でぐしゃぐしゃになった顔をあげた、唇がひきつり、眼が狂ったような色を帯びていた。おせんはふるえながら頷《うなず》いた。

「ええ、わかったわ、そうするわ、庄さん」

七

おせんは一日うろうろして暮した。——幸太郎を抱きづめにしてなんども出ては、ちぎり飴《あめ》や、芒《すすき》で拵えたみみずくや、小さな犬張子*などを買ってやった。

——庄さんの云うのも尤《もっと》もだわ。

彼女はこう思った。何百里という遠い土地にいて、権二郎の云ったような告げ口を聞けば、愛している者ほど疑いのわくのは自然である。まして現にその子供を育てている姿を見たのだ、あきらかに否定する証拠がない限り、事実だと思うのはやむを得ないかもしれない。——庄吉はこのままこっちにいてもいいと云った、自分が証拠をみせれば二人はいっしょになれる、この家でいっしょに暮すことができるのだ。

「ああちゃんを堪忍《かんにん》してね」おせんは子供を抱きしめる、「——あんたがいるとああちゃんの一生が不幸になってしまうのよ、待ちに待っていたひとが帰って来たの、あああちゃんの大事な大事なひとなの、あのひとなしにはああちゃんは生きてゆけないのよ、ねえ幸坊、わかってお呉れ、堪忍してお呉れね」

あの火の中から抱きとり、腰まで水に浸りながら、身を蓋《ふた》にして危うくいのちを助けた。自分で自分のことがわからず、他人の世話になりながら、満足におむつを変えることさえ知らなかったのに、ともかく今日まで丈夫に育てて来た。云ってみれば、ほんの偶然のめぐりあわせであった。なんの義理も因縁もなかったのにこれだけ苦労して来たのだ。もう誰かに代って貰ってもいいだろう、ことによると自分の手を離れるほうが、却《かえ》ってこの子の仕合せになるかもしれない。

「そうよ幸坊、どんなお金持のひとに拾って貰えるかもしれないんだもの、そうでなくってもああちゃんのような貧乏な者に育てられるよりずっとましだわ、そうだわねえ幸坊」

夕餉《ゆうげ》には卵を買って、精《しら》げた米*で、心をこめて雑炊《ぞうすい》を拵えた。それから戸《と》納《だな》をあけて大きい包を取出した。洪水の夜、逃げるときにお常から預かったものである、勘十夫妻の身寄りの者でも来たら渡そうと、手もつけずに納《しま》っておいたのであるが、今日になるまでそんな人もあらわれず、いま幸太郎に付けてやる物がなにも無いので、ふと思いついて出してみた。——それはお常の物であった、さほど高価な品ではないが、まだ新しい鼠小紋《ねずみこもん》の小袖《こそで》や、太織縞《ふとおりじま》の袷《あわせ》*や、厚板の緞子《どんす》の帯や、若いころ着たらしい華やかな色の長襦袢《ながじゅばん》などが、手入れよく十二三品あった。おせんは太織縞の袷二枚と長襦袢を二枚わけ、手拭《てぬぐい》を三筋と、洗った子供の物と、玩具《おもちゃ》や飴などをひと包にし、でかけるしたくが終ってから、子供と二人で食卓についた。

「さあたまたまのうまよ、おいちいのよ、幸坊、たくちゃん喰べてね」

「たまたまね、はは」子供は木の匙《さじ》でお膳《ぜん》の上を叩《たた》き、えくぼをよらせてうれしそうに声をあげた、「――こうぼ、うまうまよ、ああちゃんいい子ね、たまたま、めっ」

「あら、たまたまいい子でちょ、幸坊においちいおいちいするんですもの、ああちゃん悪い子、ああちゃん、めっ」

「ああちゃんいい子よ、ばぶ」子供はこわい顔をする、おせんはいつもいい子でないといけない、おせんが自分を叱ってみせたりすると子供は必ず怒る、「――ああちゃん、わるい子、ないよ、いやあよ、ああちゃんいい子よ」

「ああいい子でちゅいい子でちゅ、ああちゃんいい子ね、はい召上れ」

「といで*、ね、こうぼといでよ」

木匙は持たせるがまだ独りでは無理だ。しかし誕生からみ月にはなるらしいし、ぜんたいにませた生れつきとみえて、お膳のまわりを粥だらけにしても独りで喰べないと承知しない。今夜はやしなってやりたかったが、どうしてもきかないので好きにさせた。自分も冷たい残りの粥に、幸太郎の卵雑炊を少しかけ、別れの膳という気持で箸《はし》を取った。

家を出たのは七時ごろであろう。着ぶくれて眠ったのを背負い、包を抱えて、暗い露次づたいに表通りへ出ると、知った人にみつからないように、気をくばりながら浅草寺のほうへ歩いていった。風もないし、その季節にしては暖かい夜だった。そのためか往来の人もかなりあるし、腰高障子《しょうじ》の明るい奈良《なら》茶《ちゃ》の店などでは、酔って唄《うた》うにぎやかな声も聞えた。——もうなんにも思うのはよそう、ただこの子の仕合せだけを祈っていよう。自分の心のこえから耳を塞《ふさ》ぐような気持で、繰り返しそう呟《つぶや》いた。胸が痛み、動悸《どうき》が高く激しくなる、だがおせんは唇を嚙《か》みしめ、俯向《うつむ》いて、ときおり頭をつよく横に振ったりしながら、追われる者のようにひたすらに歩いていった。

浅草寺の境内へはいったが、さてどこととなるとなかなか場所がなかった。奥山には蓆掛《むしろが》けの見世物小屋がもちろんもうしまったあとでひっそりと並んでいる。小屋の中なら暖かいが、そんな稼業《かぎょう》の者の手には渡したくない。本堂から淡島《あわしま》さまのほうをまわってみた、けれども此処《ここ》ならという処《ところ》がどうしてもみつからないのである。

「あたし気が弱くなったんだわ、ここまできて捨てられなくなったんだわ」おせんはふと立停ってから呟いた、「——子を捨てるのにいい場所なんてある筈《はず》がないじゃないの、もう思い切らなければ」

そこは鐘楼のある小高い丘の下だった。すぐ向うに池があり、鯉《こい》や亀《かめ》が放ってあるので、おせんは小さいじぶんよく遊びに来たものだ。此処にしようと決心して、紐《ひも》を解き、背中から子供を抱きおろした。——子供は眠ったまま両手でぎゅっとしがみつき、仔猫《こねこ》のするように顔をすりつけた。

「おおよちよち、ねんねよ、おとなにねんねよ幸坊」

おせんは抱きしめて頰ずりをしながら、しずかにねんねこで子供をくるんだ、

「――堪忍してね、ああちゃんの一生のためだからね、いいひとに拾われて仕合せになるのよ、ああちゃんを仕合せにして呉れるんだから、きっと幸坊も仕合せになってよ、……ああちゃんそればっかり祈っているわね」

しがみついている手をようやく放し、そこへ置いた包を直して、自分も横になりながらそっと寝かせた。どこか遠くで酔った唄ごえがしていた。三味線の音もかすかに聞える。おせんは静かに身を起こした、足がわなわなと震えだし、喉《のど》がひりつくように渇いた。

――さあ早く、いまのうちに。

おせんは夢中で歩きだした。耳がなにか詰められたように、があんとして、いまにもたちくらみにおそわれそうだった。

――早く、早くいってしまうんだ。

おせんは走りだした。するとふいに子供の泣きごえが、聞えた、「ああちゃん」という声がはっきりとするどく、すぐ耳のそばで呼ぶかのように聞えた。子供の手がぎゅっと肩を摑《つか》む、子供は身をかたくして震えている。震えながら奇妙なこえで笑った。「ははは、ばぶばぶね、ああちゃん、ははは」それは出水の中を逃げるあのときのことだ、恐ろしいということを感づいていながら、おせんの言葉に合わせてけなげに笑ってみせた。ああ、おせんは足が竦《すく》み、走れなくなって喘《あえ》いだ。

——堪忍して幸坊、堪忍して。

両手で耳を掩い、眼をつむって立停った。子供の泣きごえはさらにはっきりと、じかに胸へ突刺さるように聞えた。「ああちゃん、かんにんよ、こうぼいい子よ、めんちゃい——」

おせんは喘いだ、髪が逆立つかと思えた、そして狂気のように引返して走りだした。子供は泣いていた。ねんねこをひきずりながら、地面の上を四五間《けん》もこっちへ這《は》いだし、こくんこくんと頭を上下に振りながら、ああちゃんいやよ、ああちゃんいやよと声いっぱいに泣き叫んでいた。——おせんはとびつくように抱きあげ、夢中で頬ずりをしながら叫んだ。

「ごめんなさい幸坊、悪かった、悪かった、ああちゃんが悪かった、ごめんなさい」

しがみついてくる子供の手を、そのままふところへいれて乳房を握らせ、片方の乳房を出して口へ含ませた。

「捨てやしない、捨てやしない、どんなことがあったって捨てやしない、どんなことがあったって」

おせんはこう叫びながら泣いた。

「——幸坊はあたしの子だわ、あたしが苦労して育てて来たんじゃないの、誰にだって捨てろなんて云われる筈がないわ、たとえ庄さんにだって、……ねえ幸坊、あたし幸坊もう決して放しゃしなくってよ」

子供は泣きじゃくりながら、片手できつく乳房を握り、片乳《かたち》へ顔のうまるほど吸いついていた。おせんはやがて立ちあがり、抱いたまま上からねんねこでくるみ、包を持って、やや風立って来た道を家のほうへ帰っていった。

明くる朝、子供を負《おぶ》って洗濯物を干していると、庄吉が来た。彼は歪んだ皮肉な顔つきで、道のほうからこっちを眺めていた。

それからそばへ寄って来た。――おせんはできるだけのちからで微笑し、相手の眼をみつめながら吃《ども》り吃り云った。

「ごめんなさい、庄さん、あたしゆうべ、捨てにいったのよ」

「――でもそこに負ってるね」

「いちど捨てたんだけれど、可哀《かわい》そうで、とてもだめだったの、庄さんだって、とても出来ないと思うわ」

「――わかったよ、証拠をみればいいんだ」

「ねえ、あたしを信じて」おせんは泣くまいとつとめながら云った、「――本当のことはいつかわかる筈よ、あたし待ってるわ」

庄吉はなにも云わずに踵《きびす》を返した。くるっと向き直って道のほうへ歩きだした、おせんはふるえながらそのうしろへ呼びかけた。

「庄さん、あたし待っててよ」

しかし彼は振向きもせずに去っていった。

後篇

一

十二月にはいると間もなく幸太郎が麻疹《はしか》にかかった。その十日ほどまえから鳥越《とりごえ》のほうに、疱瘡《ほうそう》がはやると聞いたので、御蔵前《おくらまえ》にある佐野正《さのしょう》の店へ仕事のために往《ゆ》き来するおせんはそのほうを心配していたし、病みだした初めのうちもてっきり疱瘡だろうと思ったのであるが、五日めになって医者が発疹《はっしん》のもようをみたうえたぶん麻疹だろうと云い、そのとおりの経過をとりだしたのでいちおう安心した。じつはその少しまえ、幸太郎が乳を貰《もら》っていた友助《ともすけ》の家で、その子の和助というのが麻疹にかかっていた。乳が同じであるし、生れ月も近いしおまけに看病のしやすい年恰好《としかっこう》だから、本当ならうつして貰ってもさせるところなのだが、和助のは性《しょう》が悪いらしいということで、向うから近づかないようにと注意されていたのである。——そんなことから麻疹だとわかってひと安心しながら、もしやその性の悪いのがうつっていたのではないだろうかとも思い、発疹が終って熱のひくまでは痩《や》せるほど気をつからせてしまった。

幸太郎は半月ほどできれいに治ったが、その前後からおせんは友助夫婦のようすの変ったことに気づいた。和助という子は生れつき弱いところもあったとみえて、幸太郎がよくなってからも唇のまわりや頭などに腫物《はれもの》のようなものが残り、それがなかなか乾かないで困ると云っていたがそんなことを口実のように、夫婦ともおせんから遠《とお》退《の》こうとする風がだんだんはっきりしだした。かれらとは水で亡くなった勘十夫婦のひきあわせで、知りあい、幸太郎のための乳から始まってずいぶん世話になってきた。友助というひとは材木問屋の帳場を預かるくらいで、くちかずの少ない律義《りちぎ》な性分だし、女房のおたかもお人好《ひとよ》しと云われるくらい、善良でおとなしかった。出水《でみず》のあと、おせんのためにその住居を直して呉《く》れたり、仕事場から出る木屑《きくず》を夜のうちにそっと取っておいて呉れたり、また幸太郎の肌着にと自分の子の物をわけて呉れたり、そのほかこまごました親切は忘れがたいものである。勘十夫婦に亡くなられたいまのおせんには、殆《ほと》んど頼みの綱ともいうべきひとたちであった。それがどうしたわけかこちらを避けはじめた。道などで会えば口をききあうが、それも以前とは違ってよそよそしく、とりつくろった調子が感じられた。――いったいなにがあったのだろう。なにか気に障《さわ》るようなことでもしたのだろうか。考えてみたけれどもそれと思い当ることはなかった。

もうかなりおし詰ってからの或《あ》る日、おたかが珍しく訪ねて来たので、しかけていた夕餉《ゆうげ》のしたくをそのままに出てゆくと、彼女はいっしょに伴《つ》れて来たらしい中年の男に振返って、この家ですよと云った。男は四十五六になる小肥《こぶと》りの軀《からだ》つきで、日にやけた髭《ひげ》の濃い顔にとげとげしい眼をしていた。

「おせんちゃん、このひとは下総《しもうさ》の古河《こが》からみえた方でね、お常さんの実の兄さんに当るんですってよ」

「まあおばさんの、――それはまあ……」

おせんは寒いような気持におそわれた。これまでながいこと待っていたのに誰もあらわれず、もうこのままおちつくのだと思っていたが、こうして亡くなったひとの兄が来たとなると、もしかすればこの家を出てゆかなければならなくなるかもしれない、そんなことになったらどうしよう。なによりも先にそういう不安がわいてきたのであった。――ひきあわせが済むと、おたかはすぐに帰っていった。男はおせんに水を取らせて足を洗い、ぬいだ草鞋《わらじ》と足袋を外へ干してから上へあがって莨入《たばこいれ》をとり出した。どうするつもりだろう、おせんは、ますます強くなる不安のなかで、ともかくも夕餉の量を殖やし、乾魚《ひざかな》を買いに走ったりした。男は、もともと無口なのか、食事が済むまで、殆んど口をきかなかった。頬の尖《とが》った髭の濃い顔には少しも表情がなく、くぼんだ眼だけが怖いように光っている、その眼でなんども部屋の中を見まわしたり、幸太郎の騒ぐのを、うるさそうに睨《にら》んだりするばかりだった。そんな客が珍しいのだろう、子供はじいたんじいたんと云って、まわらない舌で頻《しき》りに話しかけたり笑ってみせたりした。うっかりすると膝《ひざ》へ這《は》いあがろうとするので、おせんは食事が終るとそうそう、厭《いや》がるのを負《おぶ》ってあと片付けをした。……朝のしかけも済んでしまったが男はおちついて莨を吸っていた、百姓をする人に特有の少しこごみかげんな逞《たくま》しい肩つきや、辛抱づよくなにごとかを待っているという風な姿勢をみると、どうにもそこへいって坐《すわ》る気になれず、おせんはまるで身の置き場に窮した者のように、狭い台所でいっとき息をひそめるのであった。

「用が済んだらこっちに来なさらないか」物音が止《や》んだのに気がついたとみえ、男が向うから呼びかけた、「――それからだいぶ冷えるが、火が有ったら貰えまいかね」

「済みません、火をおとしてしまいまして、あのう」おせんは赤くなった、「小さいのがいて危ないもんですから、家の中へは火を置かないようにしていますので、ついい」

男はまた黙って部屋の中を見まわした。おせんは消した焚《た》きおとしで火を作ろうかと思ったが、それだけあれば朝の煮《に》炊《た》きが出来るので、そのままそっと部屋の中へはいってゆき戸《と》納《だな》からあの風呂敷包をそこへ取り出した。

「これは水の晩にあたしがお常さんのおばさんから預かったものですの」

「あらましのことは友助さんに聞いたがね」

男は包をちょっと見たばかりでこう云った。

「――わしも心配はしていたが、まさか死んでいようとは思わなかった、死躰《したい》もわからずじまいだったというが……まだわしには本当とは思えない」

彼の名は松造《まつぞう》というそうで、古河の近くの旗井《はたい》というところで百姓をしている。あのときはそっちも水が溢《あふ》れだし、家はそれほどでもないが田畑にはかなりな被害があった。そのあと始末に手が離せなかったのと、人の評判では江戸はたいした事がないというので、知らせのないのを無事という風に考えて問い合せもしずにいた。それにしても余り信《たよ》りがないし、こんど千住市場《せんじゆいちば》へ荷の契約があって出て来たのを幸い、それを済ませて此処《ここ》を訪ねたのである。初めてのことでようすがわからず、歩きまわるうちに材木問屋の梶平《かじへい》の店の前へ出た。そこにはかねて勘十から友助という者のいることを聞いていたので、立寄って話をし、思いもかけない妹夫婦の死を知らされたのである。――松造は以上のことを、ぶあいそな調子で語った、語るというよりも不平を述べるという感じであった。

おせんも幸太郎を膝に抱きおろして、あの夜の出来事を記憶するかぎり詳しく話した。死躰のみつからなかったことは捜さなかったためもあるかもしれない、しかし子供を背負った自分でさえ無事なのである、夫婦二人のことだし、洪水といっても堤を欠壊して濁流が押しかかるというようなものではなかったので、万に一つも死んでいるなどとは考えられなかった。どこかへ避難していていまに帰るものと信じていた。

それがいよいよ帰らないことがわかり、それでは死躰をというじぶんには、川筋のどこでもすでにそういうものの、始末がついたあとであった。そういうわけで、世話になりながら死後のとむらいもせずにいたのは、申しわけのないことであるけれど、じつを云うと自分もまだ本当にお二人が死んでしまったとは思えない、いつか元気な姿で帰ってみえるような気がしてならないのである。——こういう意味のことを云って涙を拭《ふ》いた。松造は蓬《よもぎ》臭い莨*を吸いながら頷《うなず》きもせずに聞いていた、話したことがわかったのかどうか、まるっきり別のことを考えてでもいるように、硬い表情で黙って莨ばかり吸っていた。

松造は泊っていった。千住に舟が着けてあって、朝早くそれに乗って帰るということだった。いまにも、家のことを云われはしないかと、そればかり胸に閊《つか》えていたのだが、朝飯を済ませてもそのことに触れず、干しておいた草鞋と足袋をおせんに取らせ、それを穿《は》いて古ぼけた財布を出して幾枚かの銭を置いた。

「これで子供に飴《あめ》でも買ってやるがいい」

「まあそんなことは、いいえどうかそれは」

「厄介をかけた、——じゃ……」

そのまま出るようすである、おせんは思いだして風呂敷包をと云った。松造はむぞうさにそれはまた次に来たときにしようと答えた。そこでおせんは幸太郎を抱き、戸口へ送りだしながら思い切って訊《き》いた。

「あのう、あたしこの家にいてもいいんでしょうか」

松造は振返ってけげんそうに、こっちを見た、ゆうべとげとげしくみえた眼が、今はもっとするどく尖り、こちらの心を刺すかのように光っていた。

「この家は友さんという人が、材木の残り木で建てて呉れたものだそうだ、それから水で毀《こわ》れたのを直して、おまえに住まわせて呉れたものだそうじゃないか、――そうとすればおまえの家だ」

「それじゃ、あの、あたし、いてもいいんですわね」

松造は茶色になった菅笠《すげがさ》*を冠《かぶ》った。

「ときどき泊らせて貰うからな」こっちは見ずにこう云った、「――その代りこんど来るときは、自分の喰《た》べる物は持って来る」

彼が去ったあと、おせんは幸太郎を抱いたまま嬉しさにこおどりをした。もう大威張りよ幸ちゃん、これ、ああちゃんと幸坊のお家になったのよ、ごらん、幸坊は三で家作《かさく》もち*、えらいのねえ。――幸太郎はわけのわからぬままにおせんの首へ抱きつき、おせんのはしゃぐのに合わせてきゃっきゃっと躍り跳ねた。……昨日からの不安が解け、ようやく気持がおちついてくると、まず考えたのは友助夫妻のことであった。この家がおせんのものであるように云って呉れたのは友助夫妻である、かれらはこの頃ずっと疎《うと》んずるようすだった。そしてもし自分に好意を持たなくなったとすれば、ここから追い出すことはぞうさもない話である、それをこういう風にして呉れたのは、たとえ憐《あわ》れみからだったとしても感謝しなくてはならない。

「お礼にいきましょう幸ちゃん」おせんは子供に頬ずりをした、「――和《わ》あちゃんになにかお土産《みや》を持ってね、幸坊はもう和あちゃんのことを忘れたでちょ、忘れちゃだめよ、和あちゃんは幸坊のたった一人の乳兄弟《ちきょうだい》なのよ」

二

友助の家へ礼にゆくにはもう一つの意味があった。それは庄吉のようすがわかるだろうということである。あの朝の悲しい別れからこっち、おせんはいちども庄吉に会っていなかった。あのときの口ぶりでは、江戸にいるかもしれないし大阪へ戻るかもしれない、どっちともきめていないという風だったが、その当座は梶平にいて仕事場を手伝っているということを、それとなくおたかから聞いたことがあった。――もちろん大阪へなどゆきはしない、きっとこの土地にいるに違いない。おせんはこう確信した。庄吉がおせんを疑っている気持はよくわかる、そして自分にはその疑い《いま》を解く証拠がない。大阪という遠いところにいて、飛脚屋の権二郎《ごんじろう》からたびたび忌わしい話を聞き、帰って来て現におせんが子を抱いているのを見たのだ。ここにもし多少の証拠があって、このとおりであると並べてみせることが出来たとしても、それで庄吉の疑いがきれいに解けはしないだろう。

——本当のことはいつかはわかる筈《はず》よ、あたし待っていてよ、庄さん。

あのときおせんはこう云った。深く考えて云ったのでない、しぜんに口を衝《つ》いて出た叫びであった。そしてそれがいちばん慥《たし》かであり、必ずそのときが来るに違いないと思った。愛情には疑いが付きものである、同時にいちどそのときが来れば了解も早い、じたばたしないで待っていよう。こういう風に思案をきめていたのであった。

松造の帰った翌日、おせんは彼の置いていった銭に幾らか足して大きな犬張子を買い、それを持って友助の家へ礼にいった。橋からはいって長屋のほうへゆくと、新しい木の香が噎《むせ》っぽく匂ってきた。おせんは切ないような気持で脇《わき》へ向いた、庄吉と悲しい問答をしたときのことが、その匂いからまざまざと思いうかんだのである。——表で洗濯をしていたおたかは吃驚《びっくり》したような眼でこちらを見、濡《ぬ》れた手をそのまま悠《ゆっ》くり立上った。おせんは家を出なければならないかと思ったところ、今までどおり住んでいられるようになったこと、それはお二人のお口添えのおかげで、こんな有難いことはないと心をこめて礼を述べた。

「いいえそんなことはありませんよ、うちじゃなんにも云やしませんよ、お礼を云われるようなことはしやしませんよ」

おたかは人の好い性質をむきだしに、けれども明らかに隔てをおいた口調でそう繰り返した。おせんはまた、久しくみないから幸太郎に和《わ》あちゃんと会わせてやりたいが、和あちゃんはどうしているかと訊き、そして、つまらない物だが途中でみつけたからと云って、買って来た犬張子を差出した。

「そんなことしないで下さいよ、そんなことして貰うとうちに怒られますからね、本当に困りますよ」こう云って途方にくれるような顔をし、それでも手には取ったが、おたかの顔はやはり硬いままだった、「――せっかく幸坊が来たのに気の毒だけどねえ、あの子はいましがた寝かしたばかりなんで」

「ええいいのよおばさん、そんならまた来ますから」

おせんはこう云ってから、まわりに人のいないのをみさだめ、おたかのほうへそっと身を近寄せて云った。

「おばさん、こんなこと訊いて悪いかもしれないけれど、あたしなにかおばさんたちの気に障るようなことしたんでしょうか、――もしなにかそんなことがあるんなら云って下さらない、あたしこんな馬鹿だから、気がつかずに義理の悪いことをしたかもしれないし、もしそうならお詫《わ》びをしますから」

「そんなことありませんよ、そんな」おたかは狼狽《ろうばい》したように眼をそむけた、「――不義理だなんて、あたしたち別になにも気に障ってなんぞいやしませんよ」

おせんは相手の眼を追うようにして見まもった。慥かになにかあると思ったから、そしてぜひともそれは訊きださなければならないと思ったから。――おせんは云った、自分がどんなに二人の世話になって来たか、それをどんなに感謝しているか、勘十夫婦の亡くなったあと、小さな者を抱えて生きてゆくのに、どれくらい二人を頼みにしているか、親ともきょうだいとも思ってるのに、さき頃から二人が自分を避けるようになった、これは自分にとってなにより悲しく寂しい、自分になにかいけないところがあったのだろうが、それがわかりさえすればどんなにでも直そう、どうか本当のことを云って貰いたいし、たのみ少ない自分をつき放さないで貰いたい。これだけのことを心をこめて云った。

――おたかは聞いているうちに感動したようすで、しかしその感動をうち消そうと、気の毒なほどうろうろするのがみえた。まちがいなく彼女は迷いだしていた。こうと思いきめていながらおせんの言葉につよくひきつけられ、気持の崩れだすのを防ぎかねていた。

「いいわ、じゃ云うわ、おせんちゃん」

やがておたかはこう云った、そしてすばやくあたりを見まわし、手招きをして家の中へはいった。――六帖に三帖の狭い住居で、どこもかしこもとりちらしたなかに、枕屏風《まくらびょうぶ》を立てて和助が寝かされていた。おたかはその枕許《まくらもと》へそっと犬張子を置き、おせんと差向いに坐って火鉢の埋《うず》み火＊を掻《か》きおこした。

「あたしがよそよそしくしたのは、おせんちゃんがなにもあたしたちに不義理をしたからってわけじゃないのよ」おたかはこう話しだした、「——正直に云うと庄吉さんのためなの」

「庄さんのためって、だって庄さんが」

「いつだっけかしら、そう、あの人があんたと置場で逢って話をしたわね、あれから十日ばかり経《た》ってだわ、うちのひとが庄吉さんを呼んで此処でお酒をいっしょに飲んだの、そのときあの人はあんたのことを話しだしたのよ、杉田屋にいたじぶんのことから大阪へゆくようになったわけ、そのときおせんちゃんと約束をしたことも云ったわ、固く固く約束したんだって、——大阪へいってから、それこそ血の滲《にじ》むような苦労をしながら、その約束ひとつを守り本尊＊にして稼いだって」

おせんは耳を塞《ふさ》ぎたいように思った。なにもかもわかっている、それから先は聞くまでもないことだ、聞くのは辛《つら》いし苦しい、もうやめて下さいと云いたかった。だがおたかは続けた、権二郎の告げ口から庄吉が江戸へ帰って来るまでのこと、帰って来てからおせんと逢うまでのこと、そしておせんが彼の申出をきかず、子を棄《す》てようとしなかったことなど、——朴直《ぼくちょく》なひとに有りがちの単純さで、話すうちにおたかはまた庄吉への同情を激しく唆《そそ》られたらしい、口ぶりにも顔つきもさっきのうちとけた色はなくなって、再びよそよそしい調子があらわれてきた。

「あの人は泣いていたわ、あたしたちも泣かされたわ」おたかはこう結んだ、「——おせんちゃんにもそれだけのわけがあるんだろうけれど、まだそれほど年月が経ったというんでもないのにあんまりじゃないの、あたしは女だからそういっても薄情な気持にはなれない、出来たことはしようがないとも思うけれど、うちのひとがすっかり怒ってしまって、もう往《ゆ》き来《き》をしちゃあいけないってきかないのよ、だからあんたも当分はそのつもりでね、いつかまたうちのにあたしがよく云うから、それまで辛抱して独りでやっていらっしゃいな」

「よくわかってよ、おばさん」おせんは乾いたような声でそう云った、「——庄さんは思い違いをしているの、この子はあたしの子じゃあないわ、でも今はなにを云ってもしようがない、云えば云うだけよけいに疑ぐられるんですもの、だから、あたし待つ決心をしたのよ、それがみんな根も葉もないことだということはいつかきっとわかると思うの、……おばさんやおじさんにまで嫌われるのは辛いけど、こうなるのもめぐりあわせだと思って辛抱するわ、そうすればいつかは、おばさんにも」

だがあとは続かなかった。わっと泣けてきそうで堪《たま》らなくなり、挨拶《あいさつ》もそこそこに幸太郎を抱いて外へ出た。——友助夫妻の遠退《とおの》いた意味はわかった。しかしなんと悲しく口惜しいことだったろう、女の自分でさえ誰にも訴えたり泣きついたりせず、大きすぎる打撃を独りでじっと耐えてきたのに、あの人はいわば、知らぬ他人の二人になにもかも話した、中傷をそのまま鵜呑《うの》みにし、無いことを有ったことのように信じて、男が泣きながら饒舌《しゃべ》ってしまった。……それに依《よ》って頼みにしているあの夫婦が自分から離れることをあの人は知っていたのであろうか、自分への疑いは愛のためだったとしても、そういうことを他人に話して、おせんが世間からどんな眼で見られるかを考えては呉れなかったのだろうか、これもやっぱりあの人があたしを愛しているためなのだろうか。――おせんは今すぐ庄吉に会って、云うだけ云ってやりたいという激しい感情に喚られ、幸太郎がしきりにむずかるのも知らず、なかば夢中でふらふらと大川のほうへ歩いていった。

三

その年の暮に人別改《にんべつあらた》め*があった。洪水から初めてのことで、おせんと幸太郎はそこの住人であり、その家の主であることをはっきり認められたわけである。世間の景気は悪くなるばかりで、相変らず親子心中とか夜逃げとか盗難などの厭《いや》な噂《うわさ》が絶えなかった。おせんが顔を知っている人のなかにも、田舎へ引込むとか、いつかしらいなくなっているような例が二三あった。だがそれが江戸というものなのだろう、一家で死んだり夜逃げをしたりするあとには、三日とおかず次の人がはいって、同じような貧しく忙しい暮しを始めるのであった。

貧しさには貧しさのとりえと云うべきか、日頃から掛け買い*の出来ないおせんは、年を越す苦労*もひとよりは少なく、白くはないが賃餅《ちんもち》*も一枚搗《つ》いて、かたちばかりに門口へ松と竹も立てた。——そこへ大晦日《おおみそか》の夜になって、それも、かなりおそくおもんが訪ねて来た。白粉《おしろい》のところ剝《は》げになった顔が、寒気立ち、埃《ほこり》まみれの髪を茫々《ぼうぼう》にしたままで、老人の物を直したらしい縞目《しまめ》のわからない布子《ぬのこ》を着ていた。

「表を通りかかったもんだからね、どうしてるかと思ってさ、おお寒い」おもんは身ぶるいをしながらあがって来た、「——なんて冷えるんだろう、ちょっとあたらせてね」

「こっちへ来るといいわ、炭が買えないんで焚《た》きおとしなの、暖たまりあしないから、——さあお当てなさいよ」

「坊やはおねんねだわね、こんど幾つ」

「四つになるのよ」

おもんは火桶《ひおけ》の上へ半身をのしかけ、両手を低く火にかざしながら寝ている子供のほうを見やった。あのときからみると頬の肉がおち、眼の下に黝《くろ》ずんだ暈《くま》ができている、脂気《あぶらけ》のぬけたかさかさした皮膚、白っぽく乾いている生気のない唇、骨立って尖《とが》ってみえる肩など、思わずそむきたくなるほど悄衰《しょうすい》した姿であった。

「ほんの一つだけれど、お餅があるから焼きましょうか」

「ああたくさんたくさん」おもんは不必要なほど強く頭を振った、「――昨日からどこへいっても餅攻めで、それああたしお餅には眼がないほうだけど、でもこう餅ばかりじゃあいくらなんでも胸がやけるわ、あたしは本当にいいんだから心配しないでよ」

「うらやましいようなことを云うわね、でも一つくらいはつきあうもんよ」

おもんが嘘《うそ》を云っていることは余りに明らかであった。おせんは一つでも惜しい餅ではあったけれど、見ていられない気持で三つ出し、網を火に架けたり小皿に醤油を注いだりした。ふっくらと焼けてくる香ばしい匂いが立つと、おもんは生唾《なまつば》をのみのみ活潑《かっぱつ》に話し始め、この頃は面白いように稼ぎのあること、世間の不景気なときは自分たちのほうがふしぎに客の多いこと、この調子なら間もなく、小さな家くらい持てそうなことなど、なにかが逃げるのを恐れでもするようにせかせかと語り続けた。そしておせんが焼けたのを小皿に取って出すと、話に気をとられているというようすですぐ口へもってゆき、三つともきれいに喰べてしまった。

「人間どうせ生きているうちのことじゃないの、あんたなんか縹緻《きりよう》がいいんだもの、こんな内職なんかであくせくしているのは勿体《もったい》ないわ、苦労するのも一生、面白く楽しく、したいようにして生きるのも一生だわ、ねえ、あんただって好きでこんな暮しをしているわけじゃないでしょう、ぱっと陽気に笑って暮す気にならない、おせんちゃん」

むりに元気づけた調子でそんなことを云いだした。思いだしたように鋏《はさみ》を借りて指の爪を切り、これから浅草寺《せんそうじ》のおにやらい*にゆくのだがなどと云って、なお暫《しばら》くとりとめのない話をしたうえ、吹きはじめた夜風のなかへと出ていった。

「可哀《かわい》そうなおもんちゃん」

火桶の火を埋めながら、おせんはそっとこう呟《つぶや》いた。片町《かたまち》へかかる道で会ったときは、ひと眼でそれとわかる姿のいやらしさに、ただ反感を唆られるばかりだった。あの火事のあと貧しい娘や女房たちまでが、そんなしょうばいをして稼ぐという評判は、よく聞いた。天王町の裏にひとところ、三軒町《さんげんちょう》から田原町《たわらちょう》のあたりに幾ところとか、そういう人たちの寄り場があり、表向きは駄菓子を売ったり、花屋のようなていさいで客を取るのだという。聞くだけでも、耳が汚《けが》れるような思いだった。あんなに仲の良かったおもんが、そういう女のひとりになったと知ったときは、哀れむよりさきに厭らしさと怒りで震えるような気持だったが、今夜のようすではよほど困っているらしい、それこそ食う物にも不自由らしいことがわかり、そこまで身を堕《お》としても運のない者にはいいことがないのかと、自分のことは忘れていたましく思うのであった。

——可哀そうなおもんちゃん。

元旦は朝から曇っていた。雑煮《ぞうに》を祝ったあと、おせんは幸太郎を背負って、産土神《うぶすながみ》＊の御蔵前八幡《おくらまえはちまん》へおまいりをし、それから俗に「おにやらい」という修正会《しゅしょうえ》＊を見に浅草寺へまわった。その帰りのことであるが、人ごみの中で和助を負《おぶ》ったおたかに会い、道の脇へ寄って少し立ち話をした。年賀にゆきたいのだがああいうわけがあるので遠慮をする、お二人ともつつがなくお年越しでおめでとうございます、こう挨拶すると、おたかも挨拶をし返したうえ、もちまえの気の好さからだろう、昨夜から庄吉さんが梶平へ来ていますと云った。

「祝う身寄りもなくって寂しいから、こちらで正月をさせて呉れって来たんですすって、だいぶいい稼ぎをしたらしいって話でしたよ」

「それじゃあ、あの人、——あれからどこかへいってたんですか」

「あら話さなかったかしら」こう云っておたかはちょっと気まずそうな眼をした、「——あれから間もなくお店を出たんだけど、梶平さんの旦那《だんな》の世話で、阿部川町《あべかわちょう》のなんとかいう頭梁《とうりょう》の家へ住込みではいったそうよ」

「なんという頭梁かしら——」

「さあ、あたしは詳しいことはなんにも知らないからわからないけれども、でも頭梁っていえば一町内にそうたくさんいるわけでもなし、おせんちゃんがもし尋ねてゆくつもりなら」おたかはそう云いかけてふと空を見上げた、「——あらいやだ、雪よ、まあお元日に悪いものが降りだしたわね」

そして自分は花川戸《はなかわど》に寄るところがあるからと、おたかは急ぎ足に別れていった。――粉のように細かい雪が舞いだした、人の往き来で賑《にぎ》やかな町筋がにわかに活気立つようにみえ、子供たちは口々に叫び歌い交わしながら、道いっぱいに跳ねたり駆けまわったりし始めた。おせんの背中でも幸太郎がしきりに手足をばたばたさせ、降って来る雪を摑《つか》もうとして叫びたてた。

「ゆきこんこいいね、ゆきこんこ、ああたんゆきこんこいいね」

おせんは幸福な気持だった。庄吉が梶平の店を出たということは知らなかったけれど、住込みでよそへいっていた彼が、正月をしに帰って来たという、祝う身寄りもないからと云ったそうだし暫く厄介になった人たちへの懐《なつ》かしさもあるだろうが、なんといっても近くに自分のいることが最も大きい原因に違いない。自分の近くへ来て、自分のようすを聞いたり見たりしたいのだ、殊《こと》によるとすっかり事情がわかって、その話をする積りで来たのかもしれない。――もちろんはっきりそうと信じられる理由はなかった、そういう臆測《おくそく》とは逆なばあいも想像することができる。しかしそれでもいい、どういう意味にせよ彼が自分の近くへ来ることは愛情のつながっている証拠なのだ。はかないといえばいえるけれど、それだけでも今のおせんは幸福な気持になれるのであった。

三日の午後に古河から松造が来た。野菜物を千住《せんじゅ》の問屋へ送って来たのだと云って、おせんにも土の付いた牛蒡《ごぼう》や人参《にんじん》や漬菜《つけな》などをぜんたいで二貫目あまりと、ほかに白い餅や小豆や米なども呉れた。彼はその夜また泊っていったが、例のようにぶすっとして余り口をきかず、蓬《よもぎ》臭い莨《たばこ》をふかしては、怖いような眼で部屋の中を見まわしていた。――松造は明くる朝まだうす暗いうちに去ったが、こんども小銭を幾らか置いて、怒ってでもいるように子供に飴でも買ってやれと云った。

「あの包はお持ちにならないんですか」

草鞋《わらじ》を穿《は》いて出ようとするので、そう訊《き》くと、彼はちょっと考えるようすだったが、やがて低い沈んだ調子で、おせんの問いとはまるで縁のないことを云った。

「人間は正直にしていても善いことがあるとはきまらないもんだけれども、悪ごすく立廻ったところで、そう善いことばかりもないものさ」

そして空いた袋や籠《かご》を括《くく》りつけた天秤棒《てんびんぼう》を担《かつ》ぎ、少し前踞《まえこご》みになってさっさと帰っていった。おせんは四五日のあいだ気がおちつかなかった、松造の言葉がなにを諷《ふう》しているのかもわからないし、あんなに物を持って来て呉れる気持もわからない。こんな時勢にただの好意でして呉れるとは思えないが、好意だけではないとしたらなにか企《たくら》みでもあるのだろうか。あの包を持ってゆかないところをみるとまた来る積りだろうが、こんど来たらどう扱ったらいいか。――考えるとまた厭なことが起こりそうで、さりとて相談をする者もなく、気ぶっせいな感じを独りでもて余した。

松の取れるまでそれとなく梶平の店の近くへいってみたり、表を通る人に絶えず注意していたりしたが、とうとう庄吉の姿を見ることはできなかった。やっぱりまだ疑いが解けていないのに違いない、殊によると会いに来て呉れるかもしれないとさえ思ったのであるが、それが間違いだとわかっても、おせんはさほど悲しくはなかった。庄吉は同じ浅草にいるのである、阿部川町といえば此処《ここ》からひと跨《また》ぎだし、住込みならそう急によそへゆくこともあるまい、近くにさえいて呉れれば事実のわかる機会も多いので、あせらずに待っていようという気持だったのである。

——その点には少しも迷いはなかったけれども、近所のことでどうにも当惑に耐えないことが起こった。もともとおせんは余り近所づきあいをしないほうだったが、それでも通りがかりに寄るとか、夜話しに来るとかいった女房たちが二三人はいた。それがまるで申し合せでもしたように、暮あたりからばったり顔をみせなくなり、道で挨拶をするくらいの人のなかにも、ふと白い眼でこちらを見るような風が感じられるのであった。まえに友助夫妻のことがあるので、こんどもなにかそれだけの理由があるのだろうと思い、しかしそう咎《とが》められるようなおちどをした覚えもなかったから、捨てておいても大したことはあるまいと軽く考えていた。

四

元来がそう親しい人たちでもなく、こちらは満足に茶も出せないような生活で、来られれば却《かえ》って時間つぶしなくらいである。しかしそう揃《そろ》ってみんなにすげなくされることは、寂しくもあり、ますます孤独になるようで心細くもあったので、折さえあればおせんのほうからあいそよく話しかけるように努めていた。すると一月なかば過ぎのことだったが、柳河岸《やなぎがし》の新しい地蔵堂の初縁日でおせんも子供を伴《つ》れて参詣《さんけい》にいったところ、そこで、まったく思いがけないことを聞いたのであった。——列をなしている人々といっしょに、火のついた線香を買って並んでいると、後ろでげらげらと笑いながら、大きな声でこう云うのが聞えた。

「そうともさ、義理だの人情だのといったのは昔のことで、今じゃてんでん勝ち*が大手を振って歩くのさ、すえ始終*の約束をしておきながら、相手が一年もいなければもうほかの男とくっつき合ってしまう、それも十六や七の本当ならおぼっこい年をしてえてさ」

その声には覚えがあった。振返って慥《たし》かめるまでもない、よく話に寄った女房のひとりで、亭主が舟八百屋をしているお勘《かん》という女だ。おせんはかっと頭が熱くなった、自分に当てつけているのである、此処に自分がいるのを見て、わざわざ聞えるように云っているのだ。そしてかれらが来なくなった理由もそこにあったのである。——おそらく友助のほうから伝わったに違いない、それも庄吉に同情するあまりのことだろう、ほかにわる気がある道理はない、わかる時が来ればわかるのだ。こう思って、おせんはじっと自分をなだめていた。しかしお勘のたか声はさらに続いた。

「ところが恥を知らないくらい怖いことはない、赤ん坊が生れたと思うと男に死なれちまった、たいていの者ならいたたまれない筈《はず》だが、火事で町のようすが変り、知った者がいなくなったのをいいことに、しゃあしゃあと元の土地にい据わって約束の相手の帰るのを待っていた、そして相手が帰って来るとこの子は自分の子じゃあないとさ、ちゃんとおまえを待っていたってさ」

「云えたもんじゃあないよねえ」こう合槌《あいづち》をうつのが聞えた、「——それも二十にもならない若さでさ、よっぽど胆《きも》が太いかすれっからした女なんだね」

おせんは自分でも知らずに、並んでいる人の中からぬけてそっちへいった。頭がくらくらし軀《からだ》が音を立てるほど震えた。どんな顔をしていたことだろう、彼女はお勘の前へいって叫んだ。

「いまのはあたしのことを云ったのね、おばさん、あたしのことだわね」

「さあどうだかね」お勘はちょっと気押されたように後ろへ身をひいた、「——あたしゃ人から聞いたんだからよく知らないよ、おまえさんだかなんだか知らないが、たとえ誰のことにしたってあんまり」

「なにがあんまりなの、どこがあんまりなの、はっきり云ってごらんなさいよ、誰が義理人情を知らないっていうの、誰が男とくっついたの、誰が、誰がよその男の子を生んで自分の子じゃないなんて云ったの、云ってよおばさん、それはどこの誰なの」

声いっぱいの叫びだった。参詣の人たちはなにごとかと寄って来ると、幸太郎は怯《おび》えたように泣きだしていた。けれどもおせんには人の群もみえず幸太郎の泣きごえも聞えなかった、かたく拳《こぶし》を握り眼をつりあげて、お勘のほうへつめ寄りつめ寄り叫びつづけた。

「云えないの、云えないならあたしが云ってあげるわ、今あんたの口から出たことはみんな嘘よ、根も葉もない嘘っぱちよ、あんたもあんたにそんな話をした人も本当のことはこれっぽっちも知っちゃいない、みんなでたらめよ」

「そんならなぜ」お勘も蒼《あお》くなった、「――それが本当ならなぜ独りでいるんだい、どうしてその人のところへ嫁にゆかないんだい」

「あたしは、あたしはそんなこと云っちゃいないわ、そして、そんなことはおばさんの知ったことじゃないじゃないの」

「どういうわけでその人はあんたを貰《もら》いに来ないの」お勘は平べったい顔をつきだし、眼をぎらぎらさせながら喚《わめ》いた、「――その人は帰って来たんだろ、会って話もしたというじゃないか、それで嫁に貰わないってのはどういうわけさ、おまえさんのほうであいそづかしでもしたってのかい」

「あの人のことはあの人のことよ、あたしは自分のことを云ってるんだわ、あたしがちゃんと待っていたことを、この子はあたしの子じゃ……」

おせんの舌はとつぜんそこで停った。幸太郎の悲鳴のような泣きごえが耳に突入り、縋《すが》りついている幼い手の、けんめいな力が彼女をよびさましたかのようだ。とりまいている群衆の眼にきづいた、お勘はますます喚きたてる。自分はなにをしたのだろう。なんというばかな恥ずかしいことを、――おせんはがたがた震えながら、幸太郎を抱いて歩きだした。そこにいる限りの人がおせんを眺め、嘲《あざけ》りと卑《いや》しめの言葉をその背へ投げた。

「そんな恥知らずないたずら女*は町内にいて貰いたくないもんだ」お勘がなおもこうどなっていた、「――そんな者にいられたんじゃこっちの外聞にもかかわるからね、さっさとどこかへ出てってお呉れよ」

幸太郎は両手でおせんにしがみつき、全身を震わせながら泣きじゃくっていた。おせんはかたく頰を押付け、背中を撫《な》でながら河岸《かし》ぞいに歩いていった。そうだ、なんというばかな恥ずかしいまねをしたことだろう、どうもがいたところでお勘を云い伏せられるわけがないではないか、庄吉でさえ疑っているものを、他人がそう信じるのは当然のことではないか。——おまけにあんな大勢の人々のいる前で、この子は自分の子ではないと叫びかけた。誰に信じて貰えもしないことを云って、それが小さな幸太郎の耳に遺《のこ》ったとしたらどうするか。数え年でではあるがもう四つになる、殊にあんな異常なばあいの記憶はながく消えないものだ、自分が拾われた子などということを覚え、また人からそう云われるとしたら。……おせんは幾たびもぞっと身を震わせ唇を噛《か》みしめた、そして幸太郎を力いっぱい抱きしめ、燃えるような愛と謝罪の気持で頬ずりをした。

「めんちゃいね幸坊、ああちゃんが、悪かった、あんな恥ずかしい思いをさせて本当に悪かったわ、誰がなんと云ってもいい、幸坊はああちゃんの大事な子よ、なにもかもいつかはわかるんだもの、それまでがまんして辛抱しましょう、いまにきっと、——きっとなにもかもよくなってよ」

それからさらに近所の眼が冷たくなった。もちろんおせんも覚悟はしていた、どんなに辛く当られても仕方がない、そのときが来るまで黙って忍ぼうと決心していた。不自由なのは味噌醤油《みそしょうゆ》や八百屋物などの、こまこました買い物が近所で出来なくなったことで、駄菓子屋などでさえおせんには売って呉れない。これには当惑したけれども、そういつも買い物をするわけではなく、町内を出れば幾らでも買えるから、不自由なりにそれも慣れていった。

こうしてまわりの人たちと殆《ほと》んどつきあいが絶えたが、二月じゅうはおもんがしげしげ訪ねて来た。たぶんどこかで噂を聞いたのだろう、それとなく慰めたり気をひき立てるようなことを好んで話すが、それはおせんの潔白を信じているためではなく、噂のほうを本当だと思っていて「それがなんだい」という口ぶりであった。

「よけいなお世話じゃないか、火つけ泥棒をしたわけじゃあるまいしなんだい、自分じゃ鼻の曲るような臭いことをしていて、ひとの段になるとお釈迦《しやか》*さまみたいな口をきくやつさ、なにを構うもんか、大威張りでどこでものしまわってやるがいいんだ」

おせんはむろん彼女の誤解を正そうなどとは思わない、けれどもそういうことを聞いているのは楽ではなかった。なるべく話題を変えるように、おじさんはどうしているか、軀の具合が悪そうだが養生をしたらどうか、そんな風に、こちらから問いかけることに努めた。おもんはそういうことにはなんの興味もないらしい、すてばちな投げた調子で、馬鹿にしたような生返辞ばかりしかせず、ついには欠伸《あくび》をして寝ころがるのがおちであった。

「きれいな顔をして乙《おつ》*に済ましたようなことを云ったって、人間ひと皮剝《かわむ》けばみんなけだものさ、色と欲のほかになんにもありゃしない、お互いが隙《すき》を狙って相手の物をくすねようと血眼になっているんだ、ばかばかしい、けだものならけだものらしくするがいい、おてえさいを作ったって見え透いてるよ」

酔っているときはそんなように世間や人を罵《ののし》った。小紋の小袖に厚板の帯をしめ、幸太郎に玩具《おもちゃ》を買って来ることなどもあるし、つぎはぎの当った男物の布子に、尻切《しりき》れ草履*で来るなり、なにか喰《た》べさせて呉れと云うこともある。またなかまと喧嘩《けんか》でもしたあとなのだろう、凄《すご》いような眼つきで、歯ぎしりをして、聞くに耐えないような悪口を吐きちらすこともあった。

「気楽にやろうよ、おせんちゃん、どうせこの世にあ善いことなんてありあしない、自分の好きなように、勝手気ままに生きてゆくんだ、みんな死ぬまでしきゃ生きやしないし、死んじまえば将軍さまだって灰になるんだからね」

二月も末に近い或《あ》る夜、おもんが舌もまわらないほど酔って、着物から髪まで泥まみれになって、殆んど転げ込むようにはいって来た。それまでいちども泊めたことはなかったのであるが、坐《すわ》ることもできないありさまでどうしようもなく、泥を拭《ふ》いてやり着替えをさせて同じ蒲団《ふとん》の中へいっしょに寝た。――明くる日は朝から唸《うな》りつづけで、拵《こしら》えてやった粥《かゆ》も喰べず、水ばかり飲んで寝ていたが、午《ひる》すぎになって思いがけなく松造が訪ねて来た。

五

正月に来たきり音も沙汰《さた》もなかったので、――忘れたというのではないがちょっとどきっとした。いつものとおり草鞋と足袋を自分で干して、足を洗ってあがった松造は、そこに寝ているおもんの姿を見ると、眉《まゆ》をしかめた。――蒼ざめて土色をした膚《はだ》、茫々《ぼうぼう》とかぶさった艶《つや》のない髪、おち窪《くぼ》んだ頰と尖《とが》った鼻、いぎたなく*手足を投げだした寝ざま。誰が見ても眼をそむけたくなるあさましい恰好《かっこう》である。松造は麦藁《むぎわら》で作った兎《うさぎ》の玩具を幸太郎に与え、莨入《たばこいれ》をとりだしながらおせんの顔を見た。

「あたしのお友達ですの」おせんはとりなすように小さな声で云った、「――お針にいっていたじぶんの仲良しなんです、ゆうべひどく酔って来て苦しそうだったもんですから」

松造は黙って莨をいっぷくした。それから立っていって土間へおり、持って来た包をそこへひろげた。大根や蕪《かぶ》や人参《にんじん》や里芋などの野菜物に、五升ばかりの米と小豆と胡麻《ごま》と、ほかに切った白い餅《もち》が、かなりたくさんあった。

「寒の水で搗《つ》いたから黴《かび》やしめえと思うが、水餅*にして置くほうがいいかもしれねえ」まるで怒ったような声で彼はそう云った、「――もっと早く来るつもりだったが、あれから足を病んだもんで……」

「足をどうかなさったんですか」

「冬になると痛むだ、大したことじゃねえ、二三年出なかったっけが、――水のあとの無理が祟《たた》ったらしい、死んだ親父《おやじ》もこうだった」

そんな話をしているとおもんがむっくり起きた。そして黙ってよろよろと土間へおりた、おせんが吃驚《びっくり》してついてゆくと、ばらばらに髪のかぶさった顔でこっちへ振返り、

「なんだいあの田舎者は、あれがおせんちゃんの旦那かい」

こう云って激しく咳《せ》きこみ、そのまま向うへ去っていった。苦しそうな精のない咳のこえが、ずっと遠くなるまで聞えていた。松造はなにも云わずに莨を吸っていた、おもんの言葉などはまるで聞えなかったように。――夕餉《ゆうげ》のしたくをするとき、彼は幸太郎を抱いて外へ出ていった。半刻《はんとき》ばかり表通りのほうを歩いて来たらしい、したくが出来て膳立《ぜんだ》て*をしていると、橋のところで彼の唄《うた》うこえがした。

「――向う山で鳴く鳥は、ちゅうちゅう鳥かみい鳥か、源三郎《げんざぶろう》の土産、なにょうかにょう貰って、金《きん》ざし簪《かんざし》もらって……」

おせんは立っていって切窓の隙からそっと覗《のぞ》いてみた。曇り日の、もう黄昏《たそが》れかかる時刻で、家と家に挟まれた僅《わず》かな空地には冷たく錆《さ》びたような光が漲《みなぎ》っていた。松造はこっちへ髭《ひげ》の濃い横顔を向け、遠い空を仰ぐようなかたちで唄っている。幸太郎は頭を男の肩に凭《もた》れさせ、身動きもせずうっとりと聞き惚《ほ》れていた。――おせんは、ふと眼をつむった、松造の声にはいろもつやもない、節まわしもぶっきらぼうであった。けれどもじっと聞いていると、懐かしい温《あっ》たかい感情が胸にあふれてくる。文句

も初めて聞くものではあったが、記憶のどこかに覚えのあるような気がする。……つむった眼の裏に母親のおもかげが浮んだ、九つの年に亡くなった母の、いつも寝たり起きたりしていた病身らしい蒼白い顔、——その母が自分を抱いて、背中を叩《たた》きながら唄って呉れている。向う山に鳴く鳥は、ちゅうちゅう鳥かみい鳥か。おせんは切窓に倚《よ》りかかって両手で面《おもて》を掩《おお》いながら噎《むせ》びあげた、外ではなお暫《しばら》く松造の唄うこえが聞えていた。

その夜また泊って明くる朝。松造は草鞋を穿《は》いてから思いついたように、お常の風呂敷包にある物は使えたらおまえが使うがいいと云った。それから、おせんのことはいろ亡くなった勘十からも聞いていたし、こっちへ来て友助から聞いたこともある、いろいろ事情があるらしいが、自分はそれに就いてどんな意見も持ってはいない。だがお常がひき取って世話をした、その気持を亡くなった者のために続けてやりたいのである。自分たちは三人兄妹であったが、下の妹を火事でとられお常を水でとられて、とうとう自分ひとりになってしまった。これも約束ごとというようなものだろうが、——そういう意味のことを溜息《ためいき》まじりに、ぶあいそな調子で述懐していった。おせんはつよい感動を与えられた、今までわからなかった松造の気持がわかったばかりではない、それは亡くなったお常の親切が続いているのである、正気を失《な》くして道に飢えていた自分を拾い、飲み食い着る物の面倒をいとわず、丈夫になるまで親身に世話をして呉れた、その妹の気持を続けて呉れるというのだ。……友助夫妻に離れられ、お地蔵さまの縁日の事があってからは近所で口をきく者もない。自分はたった独りだと思っていた。松造の親切もどこまで真実であるか、いつまで続くものかはわからない、しかしとにかく今は自分の味方である、自分のためになにかをして呉れようとしている。どんなに世間からみすてられても、生きていればやっぱり人間は独りではなかった。――感動のあとの温かい気持で、世の中や人間同志のつながりのふしぎさを、おせんはしみじみと思いめぐらすのであった。

おせんの物を着ていったまま、おもんはふっつりと姿をみせなくなった。おせんは彼女の泥まみれの着物を洗って干し、綻《ほころ》びも縫いつくろって置いた。自分の物が一枚なくなったのは困るけれど、松造の云ったことを信じてよければお常の物が使えるので、そう慌《あわ》てることはないと思った。――おもんの来なくなった代りのように、松造が六七日おいては泊りに来た。自分の畑のものばかりでなく、問屋から頼まれて定期的に荷を入れることになったのだという。そしておせんにも必ず幾いろかの野菜と、米や麦などを持って来るのだった。相変らずぶすっとして、あまり口もきかず莨ばかりふかしている、ときに幸太郎を抱いたりしても、なにやらぶきようで自分で当惑するという風であった。……おせんはすなおにその親切を受けた、口にだしては礼もよく云わなかったが、彼のほうでも遠慮のない調子で着て来た物の縫いつくろいを頼んだり、喰べ物の好みなども云うようになった。近所の口がうるさくなったのは当然であろう、おもんでさえ「旦那か」などと云ったくらいで、なにも知らぬ者からみればあたりまえの関係でないと思うのが自然である。しかし、おせんはもうびくともしなかった、お地蔵さまの前で受けたような辱《はずか》しめのあとでは、そんな蔭口《かげぐち》や誹謗《ひぼう》くらいなんでもないことだ。それで気が済むのなら云いたいだけ云うがいい、そういった幾らか昂然《こうぜん》*とした気持で、どの家の前をも臆《おく》せずに通った。

花も見ずに三月も過ぎ、四月、五月と日が経っていった。松造との話で、七月の命日には勘十夫妻の供養《くよう》をし、墓石へ名を入れようということになっていた。そのまえ三月の中旬ころに松造が友助から聞いて本所四つ目にある宗念寺《そうねんじ》という寺を訪ね、そこに勘十の家の墓があるのを慥《たし》かめて来た。そのときいちおう経をあげ、夫妻の戒名をつけて貰ったので、おせんは古道具の店からではあるが小さな仏壇を買い、二人の戒名をおさめて、朝夕、水と線香を絶やさなかったのである。——命日といっても死んだ日がはっきりしないので、とにかく水の出た三日をその日ということにきめた。その前日の二日に、松造は妻のおいくと七つばかりになる女の子を伴《つ》れて来た。おいくは、背丈の低い固肥《かたぶと》りの軀《からだ》つきで、抜けあがった額から頬が赤くてらてら光っていた。良人《おっと》に似たものか、どうか、こちらで気まずくなるほどの無口だが、子供を叱《しか》るときは吃驚するほど邪見な早口で、しかもひそかにすばやく手足のどこかを捻《つね》ったりするようすは怖いようだった。……松造が自分のことをどう云ってあるか、またこれまでして貰っていることの礼を云っていいか、どうか、おせんにはちょっと見当がつきかねたので、向うが口をきかないのを幸い当らず触らずの挨拶《あいさつ》をして済ませた。その夜は蚊《か》遣《や》りを焚《た》きつぎながら、狭いところへごたごたと寝て、明くる朝は日蔭のあるうちにと早くでかけた。友助夫妻にも案内をしたのだが、これは欠かせない用があるからと、なにがしかの香典を包んで断わりが来ていた。まだおせんのことにこだわっているのであろう、それにしてもあんなに親しかった古い友達の法会《ほうえ》なのにと、おせんは亡くなった人たちに済まなく思ったが、そこに気がついたかどうか、松造はただ「それではあとで送り膳でも届ければいい」と云っただけであった。

両国橋の脇から舟に乗っていったが、明日は回向院《えこういん》の川施餓鬼《かわせがき》*があるそうで、たて川筋はどこでも精霊舟《しょうりょうぶね》*を作るのに賑《にぎ》わっていた。舟というものに乗ったことのない幸太郎は、初めのうちこそ恐ろしそうで、固くおせんに抱きついたままだったが、暫くするうちに馴《な》れたとみえ、しきりに水を覗いたり、移り変る両岸の風物に興じたりしはじめた。

「こうぼ、あんよしないよ、こうぼ、えんちゃよ、おうち動くよ、おうちみんな動くよ」

自分が坐っているのに家並の移動してみえるのがふしぎらしい、松造は珍しくにっ

と笑った。母親のそばに、きちんと坐っていた、お鶴《つる》という女の子は、それを聞いてそっと母親のほうへ口を寄せ、

「お家が動くんじゃないね、お舟が動くからそう見えるんだね、かあちゃん」

こう云った。おいくはするどい調子でよけいなことを云うんじゃないと叱りつけ、怒ってでもいるようにぐっとそっぽを向いた。

——この家族も単純ではない、おせんは溜息をつくような気持でそう思った。まだ初対面で深いことはわからないが、夫婦のあいだも親子のあいだもしっくりいっていないようだ、良人であり妻であり子であるのに、それが一つにならないでばらばらに離れている。どうかすると、他人よりも冷たいようすが感じられる、松造が自分に親切をつくして呉《く》れるのも、そんなところに動機の一半*があるのではなかろうか。……北辻橋《きたつじばし》で舟をあがるまで、おせんはそうして鬱陶《うっとう》しいもの思いにとらわれていた。

宗念寺で法会をしたあと、すぐ近くにある支度茶屋で早めの食事をした。まわりは青々とうちわたした稲田や林が多く、武家の下屋敷《しもやしき》らしい建物が、ところどころにあるばかりで、どんな片田舎へ来たかと疑われるほど、鄙《ひな》びた景色であった。おせんにはもちろん、幸太郎はたいそうなよろこびようで、ねえたんねえたんとお鶴にまつわりついては、外へ遊びにつれてゆけとせがんだ。その茶屋の裏庭のすぐ向うにかなり大きな沼があり、そのまわりで子供たちが魚を掬《すく》って騒いでいる、幸太郎はそこへい

っていっしょに遊びたいらしい。おせんもそうさせてやりたかったのだが、松造は今日のうちに古河へ帰るということで、悠《ゆっ》くり休むひまもなく立上った。

平右衛門町《へいえもんちょう》へ帰ったのは日盛りのいちばん暑い時刻だった。そして家へはいると、土間へ膝《ひざ》をつき上り框《がまち》に凭れかかって、乞食《こじき》のような姿でおもんが眠っていた。

六

それがいつかの女だと知ると、松造は入りかけた足を戻してこのまま帰ると云った。おいくの顔にも露骨な侮蔑《ぶべつ》の色があらわれ、わざとらしく子供の手を取ってさっと先へ出ていった。まるでとりなしようもない、おせんは、やむなく夫婦の荷包を取って来て渡した。松造は紙にくるんだ物をおせんに与え、――贅《おご》ったことはいらないからこれで友助のところへ送り膳を届けるように、また余ったのはその女にもやって早く出てゆかせるように、さもないと幸太郎のためにもよくないから、そういうことを低く囁《ささや》いて去っていった。

おもんは病気にかかっていた。汗と垢《あか》とで寄りつけないほど臭い躯を、どうにか上へあげ、べとべとに汚れたぼろをぬがせて、ともかくも膚《はだ》を拭いてやろうとしたが、余りに痩《や》せ衰えたあさましい裸を見ると、おせんは総身にとりはだの立つほど慄然《りつぜん》とした。呼吸は激しく、躯は火のような熱である。そして両の乳房はどちらもひしゃげて、どす黒い幾すじかの襞《ひだ》になっていた。

「おせんちゃん、あんた見て呉れた」おもんはしゃがれた声でそう云った、「——ようよう家が持てたのよ、あんたに見て貰おうと思って、……これでひと安心だわ、あんたも越して来なさいよ、いっしょに此処《ここ》で暮そうじゃないの、ねえおせんちゃん、あたしもあんたも、ずいぶん苦労したんだもの、いいかげんにもう楽になってもいい頃よ、ねえ、この家あんたに気にいって」

「ええ気にいったわ」おせんは自分の単衣《ひとえ》*を出して彼女の上へ掛けてやった、「——とてもいい家だわ、おもんちゃん、でも少しじっとしていてね、あたしいまお医者を呼んで来るから、動かないで待っているのよ」

おせんは幸太郎を負《おぶ》ってとびだした。

三軒たずねて断わられ、四軒めに佐野正《さのしょう》からの口添えで、駒形町《こまがたちょう》の和泉杏順《いずみきょうじゅん》という医者が来て呉れた。診断は労咳《ろうがい》*ということだった。それもひじょうに重くなっているので、当分は絶対安静にしなければならない、話もさせてはならないと云われた。こちらの生活を察したものだろう、もし必要ならお救い小屋へ入れる手配をしてやってよい、そう云って呉れたので、そこへゆけば充分な治療がして貰えるのであろうかと訊《き》いたが、病気がここまで進んではどんな名医でも手のつけようがない、あとはただ静かに死ねるようにしてやるばかりだという。それなら自分にとってはたった一人の友達だから、ここで死ぬまでみとってやりたいと思う。こう答えて医者を送り出した。

その月いっぱいおせんは満足に眠れない日を過した。もう高価な薬も、むだだというので、ふりだし＊のような物を呉れるだけだったから、薬代《やくだい》はさしてかからなかったが、幾らかでも精のつくように卵とか鳥などを与えたいと思うので、毎日買い物をできるだけ詰めても、佐野正への借りが少しずつ殖えていった。

——松造は六七日おきぐらいに来たけれども、おもんの寝ているのを見ると、持って来た物を置いてすぐに帰っていった。あのときあのように云ったにしては、かくべつ機嫌を悪くしたようにもみえず、却《かえ》って持って来て呉れる物のなかに卵や胡麻《ごま》や榧《かや》の実などが殖えたくらいである。特に榧の実は労咳にいいそうで、日に三粒ずつそのたびに焼いて、熱いうち食うようにと念を押したりした。……医者はいくばくもないように云ったけれども、八月にはいると熱も下り、食欲もついて、眼の色なども活《い》き活きとしてきた。それまで話は禁じられていたし自分でもそれだけの元気はなかったらしいのが、少しずつ口をききはじめ、夜など寝つけないことがあると、静かな歌うような口ぶりでよく昔のことを話したがった。年月にすれば僅《わず》か三年あまりのことだけれど、あの火事のまえ、二人が仲良くお針の師匠の家へかよっていたじぶんのことは、十年も十五年も昔のようにしか思えないのである。

「お花さんていうひとがいたわねえ、髪の毛の赭《あか》い、おでこの、お饒舌《しゃべ》りばかりしていつもお師匠さんに叱られていた、――あのひとあんなにがらがらだし、歯を汚なくしていいたんであたし嫌いだったけれど、いま思うと悪気のない可愛《かわい》いひとだったのね」

「それからお喜多《きた》さんてひと覚えている、おせんちゃん、意地が悪いのと蔭口ばかりきくのでみんなに厭《いや》がられていたでしょう、あたしも、お弁当の中へ虫を入れられたことがあるわ、でも考えてみるとあのひと寂しかったんだわ、誰も親しくして呉れる者がないので、寂しいのと嫉《ねた》ましいのであんな風になったのよ、あたしたちこそ思い遣《や》りがなかったんだわね」

「おもとさんと絹さん、それからおようちゃんの三人はお嫁にいったの、お絹さんは向う両国の佃煮屋《つくだに》へいって、去年だかもう赤ちゃんができたわ、――みんないい人ばかりだったわねえ、いつかみんなでいっぺん会いたいわねえ、おせんちゃん」

そんなに話しては軀に障《さわ》るからと注意するのだが、すぐにまたひきいれられるような口ぶりで語りだすのである。その頃には頬のあたりが肉づいてきたためだろう、色こそ悪いが以前の顔だちをとり戻して、まなざし言葉つきなど、あの頃の明るい人なつっこいおもんがそのまま感じられるようになった。――その調子でゆけば或《ある》いは全快したかもしれない、全快はしなかったにしても、そう急にいけなくなるようなことはなかったに違いない、しかしそれから間もなく思いがけない出来事が起こって、おもんは悲しい終りを遂げなければならなかった。

八月の十五日、月見のしたくに団子を拵《こしら》えたあと、柳原堤《やなぎわらどて》へいって供え物の芒《すすき》や、青柿《あおがき》などを買って帰る途中、同じ買い物帰りのおたかと偶然いっしょになった。挨拶したただけで別れようとすると、どういう積りでかいっしょについて歩きだし、例のとおりの気の好《よ》い話しぶりで、庄吉さんもこんど頭梁《とうりょう》のところの婿《むこ》になってめでたい、花嫁は家付きだけれど、年は十七で気だても優しく、縹緻《きりょう》も十人なみ以上だそうである、これであのひとも苦労のしがいがあったというものだ。こういうことを問わず語りに云った。

「庄さんがお婿さんになったんですって」おせんは半ばうわのそらで訊き返した、「――頭梁って、阿部川町の、住込みだっていうあの頭梁の家ですか」

「そうなんですってよ、頭梁ってひとが庄吉さんの腕にすっかり惚《ほ》れこんだんですって、お加代《かよ》っていう娘さんも庄吉さんが好きだったたって話でね」

おせんはちょっと立停った。しかしすぐ歩きだしながら、いま聞いた話がなにを意味するか考えてみた。うわのそらで聞いていたのである、もちろん言葉そのものはわかっているが、その意味は聞きながしていた。それはとうてい有り得ないことであったから。

――が、おせんはとつぜん額から白くなり、おたかの腕を摑《つか》んで立停った、おたかは吃驚《びっくり》して声をあげた。

「庄さんが、お嫁を貰ったんですって」

「放してお呉れな、痛いじゃないかおせんちゃん」

「本当のこと云って頂戴、本当のこと」

「痛いってば、ここをお放しよ」

「お願いよ、おばさん」おせんは縋《すが》りつくように云った、「――庄さんがお嫁を貰ったって、嘘でしょう、ねえ、そんなことがある筈はないもの、嘘でしょうおばさん、ねえ云って、そんなことは嘘だって」

「いって自分で訊いてみれば、いいじゃないの、あたしは知ってることしか知っちゃいないよ」

「そらごらんなさい嘘じゃないの」

こう云いながらおせんは歩きだした。きみ悪そうにおたかが去っていったことも、曲り角を通り越したことも知らず、茅町《かやちょう》まで来てようやく我に返り、そこでなお暫《しばら》く棒立ちになっていた。そんなことは、有るわけがない、きっとなにかの間違いである、どう考えても本当とは思えない――だってあたしがいるじゃないの、あたしはちゃんと待っていたんだもの、そしてあんなに固く約束したんだもの、あたしを措《お》いて庄さんがお嫁をよそから貰うわけがないじゃないの。同じことを繰り返し思い耽《ふけ》っていた

た。が、やがてぼんやり立っている自分を人が見るのに気づき、慌《あわ》てて引返して家へ帰っ

「おもんちゃん、あんた済まないけれどそのままでもうちょっと幸坊の相手になって呉れない、あたし急いでいって来るところがあるんだけれど」

「ええいいわよ、このとおり温和《おとな》しく遊んでるわ」

「ここへ飴《あめ》を出して置くからぐずったらやって頂戴、すぐ帰って来るわね」

「こっちは構わないわよ、悠《ゆっ》くりいってらっしゃいな」

おせんはそのまま家を出ていった。

七

森田町からはいって三味線堀についてゆくのが、阿部川町へはいちばん近い道である。秋とはいってもまだ日中は暑かった、乾いた道は照り返してぎらぎらと輝き、あるかなきかの風にも埃《ほこり》が舞立つので、おせんの足は忽《たちま》ち灰色になってしまった。なにか口のなかで呟《つぶや》いている、ときどきそう気がついたけれども、なにを呟いているのか自分でもわからないし、頭が混乱して考えを纏《まと》めることもできない。ただ追われるような不安と苛立《いらだ》たしさ、息苦しいほどの激しく強い動悸《どうき》だけが、今そこに自分の在ることを示しているような気持だった。

頭梁は山形屋というのであった。家は寺町へぬける中通りの四つ角にあり、さして大きくはないが総二階で、白壁に黒い腰羽目*のがっちりした造りだった。大工の頭梁の家というより、てがたい問屋の店という感じである。おせんはその前を眺めながら通った、それから十間ばかり先にあるかもじ屋へはいって、油元結《あぶらもとゆい》*を買いながら、庄吉のことを訊いた。店にいた老婆《ろうば》は少し耳が遠いようだったが、訊かれたことがわかると舌ったるい口でくどくど話しだした。おたかの云ったことは嘘ではなかったのである、庄吉は気性と腕をみこまれて山形屋の婿養子になった、六月の十幾日とかに祝言《しゅう げん》もして、夫婦仲も羨《うらや》ましいということであった。

「お加代さんも評判むすめだったけれどねえおまえさん、お婿さんもそれあよく出来たひとで、腕はいいしおまえさん、腰は低いしねえ、なにしろちょっとのま来ているうちに、職人衆みんなから、兄哥《あにい》あにいって立てられるしさ、あたしみたいな者にもおまえさん、道で会うと向うから声をかけて呉れて――」

おせんはそこを出て、ちょっと考えたのち、戻って四つ角を左へ曲り、みかけた筆屋へはいってまた同じことを訊いた。そのあとでさらに二軒ばかり訊いたらしい。――幾たび訊いても事実に変りはなかったが、おせんにはどうしても信じられないのである。

――だってあたしという者がいるじゃないの、きっと待っていて呉れって、庄さんが自分の口からはっきり云ったじゃないの。

そして自分は待っていた。今でもこのとおりちゃんと待っているではないか、それなのにほかのひとを嫁に貰う筈があるだろうか。いやそんな筈は決してない、庄さんに限ってそんなひどいことをする気遣いはない、どこかでなにかが間違っているんだ、その間違いをうっちゃっておいてはたいへんなことになる。そういう気持で飽きずに訊きまわったのだ。——家へ帰ったのは日の傾いたじぶんで、幸太郎がひどく泣いていた。おもんは床の上に起き、あやし疲れたのだろう、前に玩具《おもちゃ》を並べたまま途方にくれたような顔をしていた。おせんは気ぬけのした者のように、おもんにはろくろくものも云わず、すぐに幸太郎を負って夕餉《ゆうげ》のしたくを始めた。

「おせんちゃんごめんなさいね、幸ちゃん泣かせて悪かったわ」夕飯のときおもんはこう云った。

「——ずいぶんだましたんだけれど、しまいにはああちゃんああちゃんって追ってきかないのよ、頼まれがいもなくって済まなかったわ」

「なんでもないのよ、そばにくっついてばかりいたから……」

無表情にこう答えたまま、おせんは黙って箸《はし》を動かしていた。いつもと人が違ったようである。顔色も悪いし眼が異様に光っていた。食事のあともとぼんとして、おもんが注意するまで月見の飾りも忘れていた。

「あんたどこか悪いんじゃなくって、おせんちゃん、それともなにか厭なことでもあったの」

「どうして、――あたしなんでもないわよ」

そう云って振返る眼が、おもんを見るのではなくずっと遠いところをみつめるような眼つきだった。あんまりおかしいので、寝るときもういちど訊いてみた、するとおせんは眉をしかめながら突っ放すようにこう云った。

「お願いだから黙っててよ、それでなくっても頭がくちゃくちゃなんだから」

そして夜中に幾たびも寝言を云った。

明くる日、朝の食事が終るとすぐ、あと片付けもせずにおせんは出ていった。石のように硬い顔つきで、幸太郎を負って、――帰ったのはうす暗くなってからだった。よほどながい歩きをした者のように、足から裾《すそ》まで埃だらけになり、帰るといきなり上り框《がまち》へ腰掛けたまま、暫くはなにをする力もないというようすだった、幸太郎は首のもげそうな恰好《かっこう》で、くたくたになって背中で眠っていた。……翌日も、その翌日も同じことが続いた。なにをしにどこへゆくかは知らなかったが、おもんは幸太郎が可哀そうになったので、自分がみるから置いてゆくようにと云った。するとおせんはすなおに置いていった。

「今日はすぐ帰るわね、もうあらまし用は済んでいるんだから、今日は早く帰って来るわ」

そんな風に云ってゆくが、やっぱり帰るのは夕方になった。あとから考えてみるのに、そのじぶんもうおせんは普通ではなかったのである。いかに信じまいとしても、庄吉の結婚が事実だということ、山形屋の婿としてすでに六十日あまりも幸福に暮していることがはっきりし始めた。――いいえ嘘だ、そんなことがある道理がない。こう思うあとから事実はますます慥《たし》かに、いよいよ動かし難《がた》くなるばかりだった。それはおせんを搾木《しめぎ》*にかけ、火にのせて炙《あぶ》るのに似ていた。明らかに、おせんの頭にはもう変調が起こっていた、あの火事のあとに患《わずら》った自意識の喪失、精神的の虚脱状態が始まっていたのである。……毎日かよい続けて七日めかの昏《く》れ方のことだ、いつものように山形屋のまわりを歩いていると、寺町のほうから来る庄吉に出会った。法事にでもいって来たものか、無地の紋の付いた着物で袴《はかま》をはいていた、そばに若い女がいっしょだった、まだ、むすめむすめした、小柄の愛くるしい顔だちで、眉の剃跡《そりあと》の青いのがいかにも初妻《にいづま》という感じである。おそらくそれが加代というひとであろう。庄吉になにか云って微笑するのを、おせんははっきりと見た。匂《にお》やかに、ややなまめいた微笑であった、柔らかそうな唇のあいだから黒く染めた歯のちらと覗《のぞ》くのを、おせんは痛いほどはっきりと見たのである。――二人はおせんの前を通っていった、庄吉は眼も動かさなかった、そこにいるのが木か石ででもあるように、まったく無関心に通りすぎ、やがて山形屋の格子戸《こうしど》の中へはいっていった。

「——庄さん、……庄さん」

おせんは口のなかでそっと呟いた。それからふらふらと寺町のほうへ歩きだした、——苦しい、頭が灼《や》かれるようである、非常に重い物で前後から胸を圧《お》しつぶされそうだ。

「——庄さん、……庄さん」

とつぜんおせんは立停って、道のまん中へ跼《かが》んで嘔吐《おうと》した。眼のまえが暗くなり、地面が波のように揺れだした。——あれはお嫁さんだわ。嘔吐しながらそんなことを思った。あのひとが庄さんの嫁である、いま自分の見たあのひとが庄さんの嫁である、いま自分の見たあのひとが庄さんと御夫婦になったのである、庄さんはあのひとと仕合せに暮しているのだ。……誰かがそばでなにか云っている、どうやら自分を介抱して呉れているらしい。立たなければならない。立って家へ帰らなければ。——おせんは立上った、そしてまたふらふらと歩きだした。耳の中でごうごうと、大きな音がし始めた、赤い恐ろしい焔《ほのお》が見える、街並の家がそこにちゃんと見えているのにそれとは別に眩《まぶ》しいような火焔《かえん》がそこらいちめんに拡《ひろ》がってみえる、喉《のど》を焦《こ》がすような、熱い噎《むせ》っぽい煙の渦、髪毛から青い火をたてながら、焔の中へとびこんでゆく女の姿、……そして巨大な釜戸《かまど》の咆《ほ》えるような、凄《すさ》まじい火の音をとおして、訴え嘆くようなあの声が聞えてきた。

——おせんちゃん、おらあ辛かった、おらあ苦しかった、本当におらあ苦しかったぜ。

おせんは悲鳴をあげながら道の上へ倒れた。

自分ではもちろん覚えがない。東本願寺の角のところで倒れたのを、いちど番所*へ担《かつ》ぎこまれたが、そこに佐野正《さのしょう》へ出入りする人がいて、これは足袋屋の仕事をしている者だと知らせて呉れた。それから佐野正の店の者が来て、医者も呼んだらしい、少しおちつくのを待って平右衛門町まで送って呉れたのだそうである。しかしそれらのことはもとより、それからのち半月ばかりの明け昏れは、まったく夢のようで記憶がなかった。その期間はすべて幻視と幻聴で占められていた。なかでも鮮やかなのはあの訴えの声であって、それだけは意識が恢復《かいふく》してからも、一語一語がはっきりと耳に遺《のこ》っていた。

そういう状態であったから煮炊《にた》きも出来なかった。幸太郎の世話だけはするけれども、敷いてやらなければ夜具を出す気もつかず、眠くなると平気でごろ寝をしたという。またそのあいだに松造が二度来たけれども、おせんは気違いのように地だんだを踏み、庄さんに疑われるから帰れと叫んできかなかった。松造は、しかたなしに持って来た物を置き、なお幾らかの銭を預けて帰ったそうである。——こうして前後二十日ほどのあいだ、おもんが起きてすべてをひきうけた、食事はもとより、買い物にもゆき洗濯もした。ゆだんしていると、おせんは夜中にも外へ出るので、おちおち眠ることも出来なかったということだった。

九月になって袷《あわせ》を着てから間もなく、おもんが幸太郎の肌着を洗っていると、おせんがぼんやり近寄って来て、今日はなん日だろうかと訊《き》いた。

「今日は十一日、あさってはお月見よ」

「——そう、九月なのね」

こう云ったと思うと、おせんの眼から涙がぼろぼろ落ちた。おもんが驚いて、どうしたのかと立上ると、おせんは手を振りながらおちついた声で云った。

「いいのいいの、心配しないで頂戴、あたしよくなったのよ」

「——おせんちゃん」

「二三日まえから少しずつはっきりしだしていたの、まだ本当じゃないかと思ってたんだけれど……今日はもう大丈夫だわ、まえにやったことがあるからわかるの、もう大丈夫よ、ながいこと世話をかけて済まなかったわねえ」

「あたしなんにもしやしなくってよ、それより具合がいいのはなによりだから、もう少し暢気《のんき》にしているんだわね」

「いいえもう本当にいいの、あたしのは病気じゃないとこのまえのでわかっているんだから、あんたこそ休んで頂戴、折角もちなおしたのにまた悪くでもなったら申しわけがないわ、おもんちゃん、さあ、あたしと代ってよ」

八

九月十三日は後《のち》の月である。その夜、おもんと幸太郎が熟睡するのを待って、おせんはそっと家をぬけだした。高いうろこ雲が月を隠していた。もう夜半《よなか》を過ぎた時刻で、どの家も暗く雨戸を閉ざし、ほのかに明るい空の下でしんと寝しずまっていた。おせんは柳河岸《やなぎがし》へいった。地蔵堂より少し下の、神田川のおち口に近い河岸へ、――そこは、あの火事の夜、お祖父《じい》さんや幸太と火をよけていた場所である。あのときは石置場であったが、今はとりはらってなにもなく、岸に沿って新しく柳が植えられていた。……おせんはあのときのあの場所へいって蹈み回想のなかへ身をしずめるようにそのまわりを眺めまわした。そこに石が積んであったのだ、今ついそこの眼のまえにある石垣につかまって川の中へはいった、石垣の端のその石へつかまっていたのである――ひき潮どきなのだろう、明るい空の雲をうつして、川波は岸を洗いながらかなり早く流れていた。

おせんは眼をつむり、両手で顔を掩《おお》いながらじっとあの声を聞こうとした。幾たびも幻聴にあらわれ、今では言葉のはしから声の抑揚まで思いだすことのできるあの声

——おれはおまえが欲しかった、その声はこう云いだす。ごうごうと焰の咆《ほ》え狂

うなかで、おせんのそばに跼み、その耳へ囁《ささや》くように云うのである。

——おまえなしには生きている張合もないほど、おれはおせんちゃんが欲しかった。十七の夏から五年、おれはどんなに苦しい日を送ったかしれない、おまえはおれを好いては呉れない、それでも逢いにゆかずにはいられなかった、いつかは好きになって呉れるかもしれないと思って。

——だがとうとう、もう来て呉れるなと云われてしまったっけ、……そう云われたときの気持がどんなに苦しかったか、おせんちゃんおまえにはわかるまい、おれは苦しかった、息もつけないほど苦しかった、……おせんちゃん、おれは本当に苦しかったぜ。

おせんは喉を絞るように噎びあげた。

「幸太さんわかってよ、あんたがどんなに苦しかったか、あたしには、今ようくわかってよ」

今はすべてが明らかにわかる、自分を本当に愛して呉れたのは幸太であった。少年の頃から向う気のつよい性質で、そぶりも言葉つきもぶっきらぼうだった。もの詣《もう》でとか芝居見物にゆくとかすると、必ずおせんになにかしら土産を買って来るが、それを呉れるときには「ほら取んな」などと云って、わざと乱暴にふるまうのが常だった。

せっかく呉れるのならもう少しやさしく云って呉れたらいいのに、そう思いながらおせんのほうでも、なにか頼むことがあればきっと幸太に頼んでいた。そしてどんな詰らない頼みでも、彼は必ず頼んだ以上のことをして呉れたではないか、――お祖父さんに寝つかれてからのゆき届いた心づくし、こちらは嬉しそうな顔もせず、しまいには来て呉れるな、とさえ云った、男にとっては耐え難いあいそづかしだったろう。だが火事の夜はそんなことも忘れたように駆けつけて来て、お祖父さんを負《おぶ》って逃げて呉れた。あの恐ろしい火のなかで、おまえだけは死なせはしないきっと助けてみせると云い、云ったとおりおせんを助けたが、自分は死んでいった。……思い返すまでもない、これらのことはすべてひと筋につながっている、初めから終りまでひと筋に、おせんを愛しているというただひと筋のおもいにつながっているのである。

これだけ深くつよい幸太の愛を、どうして自分は拒みとおしたのであろう。云うまでもなく自分が庄吉から愛されていたからだ、自分も庄吉を愛していたからである。しかし本当に庄吉と自分とは愛し合っていたのだろうか、いったい庄吉と自分とのあいだにどれだけのことがあったろう。自分が彼に同情していたことは慥かだ、特に幸太が杉田屋の養子になってから、悄然《しょうぜん》とした彼のようすには同情を唆《そそ》られた。けれどもそれは決して愛ではなかった。彼が大阪へゆくまえにおせんを柳河岸へ呼びだして、帰って来るまで待っていて呉れと、思いもかけぬことを囁かれたとき、ええ待っていますと答えたのも、そういうことに疎《うと》い十七という年の若さと、それまでの同情にさそわれなかば夢中のことだったではないか。――庄吉が去ってしまってから、いやいや、もっとはっきり思いだせば大阪から彼の手紙が来てから、その手紙を読んでから初めて自分は、彼を愛しだしたのである。どんなことがあっても待っていようと決心したのもそれからだ、彼は幸太が云い寄るに違いないと云い遺した、だからおせんはどこまでも幸太を拒みとおした。杉田屋へも義理の悪いことをし、幸太の親切も断わり、病気で倒れたお祖父さんを抱えて、乏しい手内職で生きていたではないか。……もちろんそれは彼を愛していたからである、庄吉が自分を愛し自分が庄吉を愛していると信じたからである、けれど庄吉は本当に自分を愛していたのだろうか、たまたま悪い条件が重なって、解けにくい誤解がうまれたのは事実だ、しかしそれはどこまでも誤解である、彼の疑うようなことはまったく無かった、自分は待って呉れと云ったではないか、いつかきっと本当のことがわかる筈だ、待っていますよと云ったではないか。――だが庄吉は待って呉れなかった、眼と鼻のさきにいて結婚した、りっぱな頭梁《とうりょう》の婿《むこ》になり可愛《かわい》い娘を嫁にした、それは同時に、おせんがいたずら女であることを証明する結果になるのに、……それでも彼はおせんを愛していたのだろうか、それがおせんに、あれほどの代償を払わせた愛だったのだろうか。

「よくわかるわ、幸太さん、あなたは本当におせんを想《おも》って呉れたのね、――庄さんがお嫁さんと歩いているのを見たとき、あたし軀《からだ》をずたずたにされるような気持だったの、苦しくって苦しくって息もつけなかった、……胸が潰《つぶ》れてしまいそうな苦しい辛い気持だったわ、幸太さん、あなたの云って呉れたことが、そのときはじめてわかったのよ、——あなたの苦しいといった気持が、辛かったと云った気持がどんなものだったか、そのときはじめてあたしにわかったのよ」

おせんは噎びあげながらそう云った。高く高く、月を孕《はら》んだ雲の表を渡る鳥があった。なにか秘めごとでも囁くように、岸を洗う水の音が微《かす》かに聞えていた。

「かんにんして頂戴、幸太さん、あたしが悪かった、あたしがばかだったのよ、——庄さんにあんなことを云われるまで、あたしあなたが好きだったと思うの、だってあなたには遠慮なしに話ができたし、ずいぶん失礼なことも頼んだりしたじゃないの、あなたならなにを頼んでもして貰える、頼んだ以上のことがして貰えるって、ちゃんと知っていたんだわ、……幸太さん、あんなことさえなければ、おせんはあなたの嫁になっていたかもしれないわね、杉田屋さんのおじさんもおばさんもそのお積りだったんですもの、そうすればいまごろは……」

おせんの声は激しい嗚咽《おえつ》のためにとぎれた、それからやや暫《しばら》くして次のように続けられた、

「——たったひと言、あの河岸の柳の下で聞いたたったひと言のために、なにもかも

が違ってしまった、なにもかもが取返しのつかないほうへ曲ってしまったのよ、あなたは死んでしまい、おせんはこんなみじめなことになって、そうして初めてわかった、なにが真実だったかということ、ほんとうの愛がどんなものかということが、……幸太さん、それでもあたしうれしい、あなたにはお詫《わ》びのしようもないけれど、あれほど深く、幸太さんに愛して貰ったということ、それがこんなにはっきりよくわかったことがうれしいの、――あたしうれしいのよ、幸太さん、いま考えるとあの晩ひろった子に幸太郎という名がついたのもふしぎではなかったのね、あの子は幸太さんとおせんの子だわ、あたし今から誰にでも云ってやってよ、おせんは幸太さんと夫婦だったって、この子は幸太さんとあたしの子だって、……怒らないわねえ、幸太さん」

そこにその人がいるかのように、おせんはこう云いながらまたひとしきり泣いた。眼のまえの仄明《ほのあか》るい川波の中から、幸太がうかびあがってこっちへ来るようだ、ぶっきらぼうなようすで、しかしかなしいほど愛情のこもった眼で、おせんをみつめながら、――そうだ、幸太とおせんとは今こそ結びつくことができる、そしてもう二度と離れることはないだろう。おせんの嗚咽はなお暫く続いていた。

その翌朝おもんは血を吐いた。柳河岸から帰ったおせんがなかなか寝つかれず、明け方の光がさしはじめて、ようやくまどろみかけたときのことだ、異様な声でとつぜん呼び起こして、半挿《はんぞう》に三分の一も吐き、そのまま失神してしまった。もちろん二十余日の過労が祟《たた》ったのである、――医者はすぐに来て呉れたが、どう手の出しようもなかったし、むしろそうなるのが当然だという態度で、二三の手当となにやら知れぬ粉薬を置いて帰った。粉薬を置いて帰った。おもんは二度と起きられない病床についたのであった。

九

松造が来て八百屋の店を出さないかとすすめたのは、おもんが倒れて十日ほどのちのことであった。考えるまでもなく、重い病人を抱えてそんなことは出来ない、いずれおちついてからと云って断わった。――おもんはそれから三十日あまり寝て亡くなった、病気してからひとがらの変ったおもんは、顔つきも穏やかに美しくなり、いつも眼や唇のあたりに微笑をうかべていた。

「あたしは仕合せだわ、おせんちゃん、本当ならどこかの空地か草原ででも死ぬところだのに、仲良しのあんたに介抱されて、わがままの云いたいだけ云って死ねるんだもの、考えると勿体《もったい》なくて罰《ばち》が当るような気がするわ」

そんな風にしみじみと繰り返し云った。少しも誇張のない、すなおな諦《あきら》めのこもった調子である。――死ぬなどと云ってはいけない、治って貰おうと思えばこそ出来ないながらしてあげるので、石にかじりついても治って呉れなければ。おせんがそう云うと、きれいに澄んだ眼で頷《うなず》きはするが、心ではもう自分の死ぬこと、それは間もなくだということを知っていたようである。

「わたしずいぶん苦労したわ、思いだすと今でも身ぶるいの出るような、苦しい、みじめなことがあったわ、――でもこれでようやくおしまいになるの、死ぬことは楽になることだわ、あの世というところは静かで、いつもきれいな光があたりを照らし、いろいろな花がいっぱい咲いているように思うの、そこへゆけばもう憎むことも騙《だま》すこともない、なにもかも忘れて悠《ゆっ》くり休むことが出来る、決してもう苦しんだり悲しんだりすることはないの、……あなたにわかるかしら、おせんちゃん、あたし待ち遠しいくらいなのよ」

おもんが亡くなったのは十月下旬の、すさまじく野分《のわき》の吹きわたる夜だった。彼女はおせんを枕許《まくらもと》に坐《すわ》らせ、その手を握って、じっとなにかを待つようにみえた。

「あたしおせんちゃんを護《まも》っていてよ、おせんちゃんと幸坊が仕合せになるように、あの世からきっと護っていてよ、――お世話になって済まなかったわね、ごめんなさいね」

風は雨戸を揺すり屋根を叩いた。おもんは暫くしてふっと眼をあき、戸口のほうを見やりながらはっきりと云った。

「表をあけてよ、おせんちゃん、誰かあたしを迎えに来ているじゃないの」

それから半刻《はんとき》ほどのちにおもんは死んだ。

振返ってみるとそのときからおせんの新しい日が始まっているようだ。おもんの葬《とむら》いを済ましてから後のおせんは、もうそのまえの彼女ではなかった。世を憚《はばか》ったり怖《おそ》れたりするいじけた気持もなくなり、「生きよう」という心の張とちからが出てきた。――なに怖れたり憚ることがあろう、こんどは誰に向ってもはっきり云えるのだ、ええこの子はあたしの産んだ子です。この子の父親は幸太というひとです、あたしは良人《おっと》の遺したこの子をりっぱに育ててみせます。……そうだ、おせんの新しい日はそこから始まったのである。その年の暮にせまってから、松造の好意をうけて八百屋の店をひらいた。まえにも云ったようなわけで近所とはつきあいがないから、そんな店を出しても商売にはなるまいと云ったが、松造は例のぶあいそな口ぶりで、なにかよその半値で売れば必ずお客がつく、近所の者より隣り町から買いに来るからやってみるがいい。こう云ってすすめた。家の表を作り変えて店にし、古河から十五になる小僧もつれて来て呉れた。古い車を一台、籠《かご》を五つ、秤《はかり》だの帳面だの筆矢立《やたて》など、こまごました物もすべて松造が心配*した。荷のほうは千住の問屋に話してあるので、小僧がゆけばその日その日の物を揃《そろ》えて呉れる、値段も松造との取引をみかえりに元値ということになった。これはのちに問屋の主人がおせんの身の上を聞いてから、さらに好《よ》い条件になったのであるが。――心配したほどではなく商売はうまくいった、元の値が値であるのと、初めのうち松造が付いていて思いきり安く売るようにしたため、新店は半月繁昌《はんじょう》といわれているに拘《かかわ》らず、客足はずっと続いて離れなかった。近所の人たちもさいしょのうちこそ妙な顔をしていたが、八百屋物は毎日のことであるし、切詰めた生活をしている者には一文でも安いということは、大きいので、ひとり来、ふたり来するうちに、いつかしらいまわり*の者はたいがい客になってしまった。その中でお勘だけは別であった、お地蔵さまの縁日のことがあってから、お勘は町内を背負って立つようにおせんの悪口を云いちらしていたが、おせんの店の安いことを聞くとまっ先にやって来たのも彼女であった。そして五六たびも来たと思うと、いちどきに店の荷を半分も買ってゆこうとした、彼女の良人は舟八百屋をしているが、おせんの店のほうが問屋で卸すより安いので、こっちから買って商売をしようという積りである。気の毒ではあるがおせんは断わった。——こんな売り方をしているのは一人でもよけいに安く買って貰いたいからである、又売りをされるためではないのだから、はっきりそう云った。お勘はそれなり寄り*つかず、もっとひどい悪口を云いまわったらしいが、どうやらこんどは近所が相手にしなくなったようであった。

店が順調になると松造はまた五六日おきにしか来なくなった。相変らずぶすっとした顔で蓬《よもぎ》臭い莨《たばこ》をふかし、怖いような眼で家の中を眺めまわしたり、おせんの付けている絵解き*のような帳面を退屈そうにめくってみたりする。ごく稀《まれ》には幸太郎をつれて、浅草寺《せんそうじ》などへゆくこともあったが、ひと晩泊るときまって朝早く帰っていった。

――古河から来た小僧の云うところによると、松造夫婦は気が合わず、お鶴というあの子は親類から貰ったのだそうで、それがまたどうしても夫婦になつかないため、そのうち親元へ返すことになるだろう。そういう話であった。……おせんはいつかの法事のときを思いだした、おいくという人の冷たいそっけないようすや、女の子の寂しそうな顔つきには、そういう蔭《かげ》の理由があったのである。誰が悪いのでもなく不運なめぐりあわせだろうが、世の中にちょうど善いということは少ないものだと、いっとき溜息《ためいき》をつくような気持であった。

店をはじめた明くる年の春の彼岸に、宗念寺へ墓まいりにいったとき、別に経料《きょうりょう》を納めてお祖父さんと幸太の戒名をつけて貰った。そして位牌《いはい》を二つ拵《こしら》え、幸太のには彼の戒名に並べて自分の俗名を朱で入れた。自分のも戒名にすればよいのだが、いっそおせんと入れるほうが情が届くように思えたからである。――こうして時が経っていった。変った事といえば、飛脚屋の権二郎が酒のうえの喧嘩《けんか》で人を斬《き》り、牢《ろう》へはいって一年ばかりするうちに牢死したということ、友助夫婦が梶平のあと押しで、本所のほうへ小さな材木屋を始めたこと、そして浅草橋の川下に新しく橋が架けられ、柳《やなぎ》橋《ばし》と名付けられたことくらいのものであろう。柳橋はあの火事のあとで地元から願い出ていたのが、ようやく許しが下って出来たわけで、渡り初めから三日のあいだ祭りのような祝いが催された。……その祝いの三日めのことである、店を早くしまって、幸太郎に小僧をつけて出してやり、自分も新しい橋を見にゆくつもりで、着替えをしているると客が来た。土間が暗くなっているのでちょっとわからなかったが、立っていってみると庄吉であった。

「ひとこと詫びが云いたくって来たんだ」

彼は、こう云って、こちらを見上げた。一年まえに、見たきりだが、彼はあのときより少し肥《ふと》り、酒を飲んでいるのだろう、顔が赭《あか》く膏《あぶら》ぎっていた。おせんは、平気で彼を眺めることができた。ふしぎなくらい感情が動かなかった、そうしたいと思えば笑うこともできそうであった。

「あたしこれから出るところですけれど」

「ひとことでいいんだ、おせんさん」庄吉は慌《あわ》てた口つきで云った、「――おれは去年の暮に水戸へいってきた、杉田屋の頭梁が亡くなったんでね」

「杉田屋のおじさんが、――おじさんが亡くなったんですって、……」

「いまいる山形屋とは手紙の遣り取りが続いていたんだ、それでおれが名代《みようだい》＊でくやみにいって来たんだが火事のとき傷《いた》めた腰が治らず、そこの骨から余病が出て、とうといけなくなったということだ」

「おばさんは、お蝶《ちよう》おばさんは」

「お神《かみ》さんは達者でおいでなすった、ひと晩いろいろ話をしたが、その話で、――す

っかりわかったんだよ、すっかり、……幸太とおせんさんとなんでもなかったってい
うことが、おまえが幸太をしまいまで嫌いぬいていたということが、お神さんの話で
ようくわかったんだ、おせんさん」
「いいえ違うわ、それは違ってますよ」
「――違うって、なにがどう違うんだ」
「お神さんの云うことがよ、お神さんはなにも御存じないんだわ、幸さんとあたしが
なんでもなかったなんて」おせんは声をたてて笑った、「――そんなこと貴方《あなた》ほんと
になさるんですか」
「――おせんさん」
「いつか貴方の云ったとおりよ、あたし幸さんとわけがあったの、あの子は幸さんと
あたしのあいだに出来た子だわ、もしも証拠をごらんになりたければ、ごらんにいれ
るからあがって下さい」
　こう云っておせんは部屋の隅へいった。仏壇をあけて燈明《とうみょう》をつけ、香をあげて振返
った。庄吉はあがって来た、そして示されるままに仏壇の中を見た。
「それが幸さんの位牌です、そばに並べて朱で入れてある名を読んで下さいな、おせ
んと書いてあるでしょう、――戒名だけで疑わしければ裏をごらんなさいまし、俗名
幸太とあのひとのも書いてありますから」

庄吉はなにも云わずに頭を垂れ、肩をすぼめるようにして出ていった。——おせんは独りになると、位牌をじっとみつめながら、小さな低いこえで囁《ささや》いた。

「これでいいわね、幸さん、お蝶おばさんにだって悪くはないわね、——これでようやく、はっきり幸さんと御夫婦になったような気持よ、あんたもそう思って呉れるわね、幸さん」

瞼《まぶた》の裏が熱くなり涙が溢《あふ》れてきた、ぼうとかすみだした燈明の光のかなたに、幸太の顔が頷いている、よしよしそれで結構、そういう声まで聞えてくるようだ。——柳橋の祝いに集まる人たちだろう、表は浮き立つようなざわめきで賑《にぎ》わっていた。

しじみ河岸《がし》

一

花房律之助《はなぶさりつのすけ》はその口書《こうしょ》＊の写しを持って、高木新左衛門のところへいった。もう退出の時刻すぎで、そこには高木が一人、机の上を片づけていた。

「ちょっと智恵を借りたいんだが」

高木はこっちへ振返った。

「この冬木町《ふゆきちょう》の卯之吉《うのきち》殺しの件なんだが」と律之助は写しを見せた、「これを私に再吟味させてもらいたいんだが、どうだろう」

「それはもう既決じゃあないのか」

「そうなんだ」

「なにか吟味に不審でもあるのか」

「そうじゃない、吟味に不審があるわけじゃない」と律之助は云った、「私はこの下手人のお絹という娘を見た、牢見廻《ろう》りのときに見て、どうにも腑《ふ》におちないところがあるので、こっちへ来てから口書を読んでみた」

高木は黙って次の言葉を待った。

「それから写し取ってみたんだが」と律之助はそれを披《ひら》いた、「これでみると娘の自白はあまりに単純すぎる、自分の弁護はなにもしないで、ただ卯之吉を殺したのは自分だ、と主張するばかりなんだ」

「あの娘は縹緻《きりょう》がよかったな」

「読んでみればわかる、これはまるで自分から罪を衣《き》ようとしているようなものだ」

「おれに読ませるんじゃないだろうな」

「まじめな話なんだ」と律之助は云った、「私に再吟味をさせてくれ、申し渡しがあってからでは無理かもしれない、しかしいまのうちなら方法がある筈《はず》だ、たのむからなんとかしてくれないか」

　高木は訝《いぶ》かしそうな眼で彼を見た。

「なにかわけがあるのか」

「それはあとで話す」

「ふん、——」と高木は口をすぼめた、「あの係りは小森だったな」

「小森平右衛門どのだ」

「彼はうるさいぞ」と高木は云った、「彼は頑固なうえにおそろしく自尊心が強い、もし自分の吟味に槍《やり》をつけ*られたことがわかりでもすると、どんな祟《たた》りかたをするかしれないが、いいか」

　律之助は微笑した。

「それでよければ、考えてみよう、但《ただ》しできるかどうかは保証しないぜ」

律之助は安心したように頷《うな》ずいた。

花房律之助はこの南（町奉行所）では新参であった。彼は町奉行所に勤める気はなかったし、父の庄右衛門も同じ意見だった。しかし父が死ぬときの告白を聞いて、彼は急に決心をし、母の反対を押し切って勤めに出た。死んだ父は二十年ちかいあいだ、町方と奉行所で勤め、死ぬまえの五年は北町奉行の与力支配であった。そのおかげがあったかもしれない、役所は南だったが、律之助は年番（会計事務）を二年やり、次に例繰《れいぐり》（判例調査）、牢見廻りというふうに、短期間ずつ勤めたうえ、つい七日まえに吟味与力を命ぜられた。——高木新左衛門は父方の従兄に当る、年は五つ上の二十九歳であるが、早くから南に勤め、吟味与力として敏腕をふるった。現在では支配並《しはいなみ》という上位の席におり、人望もあるし、信頼されているようでもあった。

「保証できないと云ったが、あれなら大丈夫だ」と律之助は自分に呟《つぶや》いた、「あれならきっとなんとかしてくれるに相違ない」

組屋敷の自宅に帰った彼は、もういちど、丹念に口書の写しを検討した。

事件はこうである、——いまから二た月まえの七月七日、ちょうど七夕の夜であったが、深川《ふかがわ》冬木町の俗に「しじみ河岸《がし》」と呼ばれる堀端の空き地で、夜の十時ごろに殺人事件が起った。殺されたのは卯之吉といって、二十五歳になる左官職。殺したのはお絹という二十歳の娘であった。兇器《きょうき》は九寸五分の短刀、傷は肩と胸と腹に五ヵ所あり、胸の傷が心臓を刺していて、それが致命傷だった。

　娘は差配*の源助に付添われて、十一時ごろに平野町の番所へ自首して出た。そして明くる朝、八丁堀から町方が出張して訊問《じんもん》したところ、すらすらと犯行を自白したので、口書を取ったうえ小伝馬町《こでんまちょう》へ送った。——卯之吉は黒江町の弥兵衛店《だな》に住み、伊与吉という父親がある。お絹は冬木町の源助店という長屋の者で、勝次という父と、直次郎という弟があった。勝次は四十八歳、三年まえから中風で寝たきりだし、弟の直次郎は白痴であった。お絹はかなり縹緻がいいのに、二十まで未婚だったのはそんな家庭の事情のためだろう。気性もおとなしそうであるが、ちょっと陰気で、芯《しん》のつよい、片意地なところがあった。

　町奉行での係りは、吟味与力の小森平右衛門だった。小森も南では古参のほうだし、相当に念をいれて調べているが、お絹が口書のとおり繰り返すばかりなのと、ぜんたいがあまりに単純なのとで、それ以上に詮索《せんさく》しようがないようであった。

　お絹は卯之吉に呼びだされ、無理なことを云われたので、かっとなって、夢中で男を刺したという。殺すつもりはなかったし、刺したのも夢中であるが、自分のしたことに間違いはないから、早くお仕置《しおき》にしてもらいたい、と云うのであった。

　——無理なことを云われたというが、それはどんなことだ。

　こう訊問したが、お絹はただ「無理なことです」と云うだけであった。

――その事情によってはお上《かみ》にも慈悲があるが、ただ「無理なこと」ぐらいで人間ひとり殺したとなると死罪はまぬかれないぞ。

小森はこう問い詰めた。しかしお絹は、どう無理かということは、話しても旦那方にはわかってもらえないだろう、自分は覚悟をきめているから、もうなにも訊《き》かないで早くお仕置にしてもらいたい。そう繰り返すばかりであった。

もちろん、小森は必要な証人を呼んで調べている。差配の源助や、両方の相《あ》い長屋の者たち、また地主であり附近一帯の家主で、質と両替を営んでいる相模屋《さがみや》儀平（出頭したのは番頭の茂吉であったが）など――だが、これらの証人たちからも、お絹に有利な陳述はなに一つとして得られなかった。

つまるところ、「この娘は下手人ではない」という律之助の直感以外に、反証となるような材料はまったくないのである。

「おれにはむしろそこが大事なんだ」律之助は写しをしまいながら呟いた、「なに一つ反証らしいもののないこの単純なところが、――ここになにかある、必ずなにか隠されている、おれにはそれが感じられるんだ」

それから彼は眼をつむって、祈るように呟いた。

「お父さん、――」

二

明くる日、――高木新左衛門は律之助をつれて小伝馬町の牢へゆき、囚獄奉行の石《いわ》出帯刀《いでたてわき》に彼をひきあわせた。高木はなにも云わなかったし、律之助もよけいなことは訊かなかった。

石出帯刀は高木と雑俳《ざっぱい》＊のなかまだという。三十二で、軀《からだ》の小柄な、すばしこい顔つきの、はきはきした男だった。

「そうですか、花房さんの御子息ですか」帯刀は好意のある眼で律之助を見た、「私も花房さんはよく知ってます、いろいろ教えてもらったりお世話になったりしたものです、まだお若かったのに残念でしたね」

律之助は簡単に自分の頼みを述べた。

「いいでしょう」と帯刀は云った、「ゆうべ高木からあらまし聞いて話したんですが、もしこんどの勘が当って、吟味がひっくり返りでもすると、――もちろんその自信があるわけだろうが、新任のあんたにとっては兜首《かぶとくび》＊ですよ」

律之助は黙っていた。

――私はそんなものが欲しいんじゃありません、まるでべつのことのためにやるんです。

彼は心の中でそう呟いたが、口には出さなかった。

帯刀は志村吉兵衛という同心を呼び、律之助をひきあわせて、必要なことに便宜をはかれと命じた。もう話ができていたのだろう、吉兵衛はすぐに、「どうぞ」と云って案内に立った。

「私はさきに帰るよ」高木が云った、「役所のほうはうまくやっておくが、できたら日にいちど顔だけは出してくれ」

律之助はそうすると答えた。

案内されたのは詮索所であった。それは二間四方の部屋で、左右がどっしりと重い栗色になった杉戸、うしろが襖《ふすま》で、前に縁側があり、その下が白洲《しらす》になっている。――律之助が入ってゆくと、もうその娘は白洲に坐っていた。彼女の右につくばい同心、うしろに牢屋下男が二人いた。

「二人だけで話したい」と律之助は志村に云った、「どうかみんなここを外してくれ」

志村は承知し、かれらは去った。

二人だけになるのを待って、律之助は縁側へ出ていって坐った。

「私を覚えているか」と律之助が娘に云った。

お絹はゆっくりと顔をあげた。

鼠色《ねずみいろ》の麻の獄衣に細帯、髪はひっつめに結ってあり、もちろん油けはない。軀はほっそりしているが、働き続けてきたので肉付はよく、腰のあたりが緊《しま》ってみえた。おもながの、はっきりした眼鼻だちで、顔色も冴えているし、眼もおちついたきれいな色をしていた。

「私はこんど吟味与力になった」

「はい、――」とお絹は云った、「見廻りにいらしったのを知っています」

お絹は彼を見あげた。

「それでおまえの事件を再吟味するつもりだ」

「どうしてですか」とお絹が云った。

「本当のことが知りたいからだ」

「あたしはみんな申上げました」

「私は本当のことが知りたいんだ」

「あたしはすっかり申上げました」

「いや、そうではない」と律之助は云った、「大事なことが幾つかぬけている、それをこれから訊くから正直に答えてくれ」

「どうしてですか」

「どうしてかって」

「あたしは小森さんの旦那に残らず申上げましたし、卯之《うの》さんの下手人はあたしだって、ちゃんともうわかっているんですから、それでいい筈じゃないでしょうか」

「よく聞いてくれ」と彼は云った、「私たちの役目は、下手人を捕《つかま》えて仕置をすればいいというんじゃあない、まず誰がまちがいのない下手人であるかを押えることなんだ」

「ですからあたしが、慥《たし》かに自分でやったと」

「それなら訊こう、口書によるとおまえは夢中で卯之吉を刺したという」と彼は云った、「殺すつもりはなかったが、無理なことを云われたのでかっとなり、夢中で刺してしまったと云っているが、これは嘘か」

「——どうしてですか」

「おまえに訊いているんだ」と彼は云った、「夢中でやったというのは嘘で、初めから殺すつもりだったんじゃないのか」

「そんなことは決してありません、殺すつもりなんかあるわけがありません」

「それは慥かだね」彼は念を押した。

お絹は慥かですと答えた。

「では訊くが短刀はどうしたんだ」

お絹はぼんやりと彼を見あげた。

「あれは七夕の晩だった」と彼は云った、「それで卯之吉が呼びに来たんだろう、呼びに来られて出てゆくのに、なんの必要があって短刀なんぞ持っていったんだ」

娘は片方の頬で微笑した。それは明らかに当惑をそらす微笑であった。

「答えなくってもいいよ」と彼は云った、「次に、おまえは娘の腕で親と弟をやしなって来た、親は寝たっきりだし、弟は白痴だという」

「ちがいます、直は馬鹿じゃありません」お絹は屹《きっ》となった、「七つのときに蜆河岸《しじみがし》で頭を打って、その傷が打身になっているだけです、それが治ればちゃんとした人間になるんです、直は決して馬鹿なんかじゃありません」

「それは悪かった、あやまるよ」

お絹は眼をみはった。与力の旦那に「あやまる」などと云われて、よっぽどびっくりしたのだろう、眼をみはると同時に口があいて、白くて粒のこまかいきれいな歯が見えた。

「白痴と云われても怒るほど、弟おもいなんだな」と律之助は云った、「しかしそれならなおのこと、寝たきりの親や、そういう弟のことを考える筈だ、もしおまえが死罪にでもなるとしたら、あとで二人はどうなると思う」

お絹は答えなかった。

「二人のことは構わないのか」

「それはいいんです」とお絹は云った、「だってもう、あたしはこんなことになってしまったんですから」

「二人が乞食になってもか」

「乞食なんかになりゃしません」

「なぜだ、——」

お絹の緊張した顔に、一瞬、やすらぎと安堵《あんど》の色があらわれた。それは僅《わず》か一瞬のことではあったが、律之助は誤まりなく見てとったと思った。

「よし、これも答えなくっていい」と彼は云った、「次にもう一つ——卯之吉が無理を云ったそうだが、どんな無理だか聞かせてくれ」

「それも小森さんの旦那に云いました」

「私が聞きたいんだ」

「口書に書いてあるとおりです」

「自分では云えないのか」と彼が云った、「すると卯之吉は、おまえを手籠《てごめ》にでもしようとしたんだな」

お絹の眼が怒りのために光った。

「誰が、誰がそんなこと云ったんですか」

「手籠にしようとしたのか」

三

お絹は怒りの眼で律之助をにらんだ。

「あの人は」とお絹は吃《ども》った、「卯之さんは、そんな人じゃありません、卯之さんは、間違ったってそんなことをする人じゃありません、町内の者なら誰だって知っています、嘘だと思ったら聞いてみて下さい、誰だってみんな知っていることですから」

「わかった、よくわかったよ」

「そんなことを云われたの、初めてです」お絹はまだ云った、「八丁堀の旦那だって、小森さんの旦那だって、そんないやなことは云いませんでしたよ」

「いやなことを云って済まなかった、勘弁してくれ」

律之助は微笑しながら云った。

お絹を牢へ戻し、帯刀に礼を述べてから、律之助は南の役所へ帰った。そうして、卯之吉の検死書（傷の見取図が付いている）をしらべ、それから倉へいって、兇器の短刀をしらべた。それは白鞘《しらざや》の九寸五分で、近くの路上に落ちていたという鞘には、乾いた土がこびり着いていた。中身は血のりが着いたままなので、むろん鞘におさめてはなかった。なかご*を見るほどの品ではない、しかしどうやら脇差《わきざし》をちぢめたあげもの*らしい、それが彼の注意をひいた。高価な品ではないが、「あげもの」ということが仔細《しさい》ありげに思われた。

翌日、彼は蜆河岸へいった。

永代橋《えいたいばし》を渡って深川に入り、上《かみ》ノ橋《はし》から堀ぞいにゆくと、寺町を過ぎて蛤町《はまぐりちょう》、冬木町と続いている。蛤町には井伊家の別邸があるが、その地はずれから冬木町へかけて、河岸通りも裏もひどく荒廃した、うらさびれたけしきであった。寺町と蛤町の角に、三棟《むね》の土蔵の付いた大きな商家がある、店先の暖簾《のれん》に「相模屋」と出ているが、これがこの辺一帯の地主であり家主であり、質両替を営んでいる店だろう。土蔵造りの店のうしろに、住居らしい二階建の家が見え、まわした黒板塀《くろいたべい》をぬいて、赤松の枝がのびていた。

それは荒れ朽ちた周囲のけしきの中で、いかにも際立って重おもしく、威圧的にみえた。

律之助はちょっと相模屋の前で足を停めた。店へ寄ってみたいようなようすだったが、また歩きだし、亀久橋《かめひさばし》のところまでいって、そこで遊んでいる子供たちに、蜆河岸を訊いた。

「そこだよ」と八つばかりの子が云った、「そこを曲ったとこの堀端をずっと蜆河岸っていうだよ」

四つ五つから七八歳までの子が七人、ほかに十歳ばかりの、妙な男の子を取巻いて、どうやらみんなでいじめていたところらしい。いちばん大きなその子は、業病でも患らっているように、皮膚が赤くてらてらしてい、ぼさぼさの髪毛も眉毛も、乾いた朽《くち》葉色《ばいろ》*でごく薄かった。みなりのひどいことは他の子供たちと同様であるが、だらっと垂れた唇は涎《よだれ》だらけだし、紫色の歯齦《はぐき》と、欠けた前歯がまる見えであった。

律之助はぞっとしながら眼をそらし、いま教えてくれた子に向って笑いかけた。

「有難うよ、坊や」と彼は云った、「おまえ年は幾つだ」

「おらか」とその子が云った、「おらあはたちだよ」

「幾つだって」

「はたちだよ、十九の次の二十歳《はたち》さ」

他の子供たちがわっと笑った。子供らしくない嘲弄《ちょうろう》の笑いであった。律之助は口をつぐんだ、するとその子がまた云った。

「おじさん役人だろう」

律之助はその子を見た。

「なんの用があるか知らねえが気をつけたほうがいいよ」とその子が云った、「この辺の者は命知らずだからね、役人なんかがうろうろしてると、なにをするかわかったもんじゃねえ、本当だぜ」

「本当だぜおじさん」とべつの子が云った、「ほんとに足もとの明るいうちにけえったほうがいいぜ」

律之助は苦笑したが、心の中ではすっかり戸惑い、そしてこみあげる怒りを抑えるのに骨を折っていた。

——この子供たちを怒ってはいけない。

彼はそう自分に云った。

——子供たちに罪はない、こいつらは自分の云っていることを理解してはいないんだ。

彼はふところから銭囊《ぜにぶくろ》を取り出した。子供たちはぴたっと口を閉じ、眼を光らせて彼の手もとを見た。彼は文銭《ぶんせん》をあるだけ出して、さきの子供の手へ与えた。

「みんなで菓子でも喰べろ」と律之助は云った、「おじさんは役目でしかたなしに来たんだ、あんまりいじめないでくれ」

子供は不信の眼つきで、しかしすばやく、ぎゅっとその銭を握った。

そのとき向うで「伝次」というするどい女の声がした。低い傾いた家の軒下に、長屋のかみさんらしい女が（みな赤子を抱くか背負うかして）三人立っていた。

「返しな、伝次」と女の一人が叫んだ、「乞食じゃあるめえし、見ず知らずの他人から銭を貰うやつがあるか、返しな」

「みんなこっちい来《こ》う」とべつの女が叫んだ、「こっちい来て遊べ、みんな、倉造」

れるぞ」

「返さねえか伝次」まえの女が喚《わめ》いた、「返さねえとうぬ、手びしょうぶっ挫《くじ》いてく
「そう怒らないでくれ」

律之助は女たちのほうへ近よっていった。

「いま道を教えてもらった礼にやったんだ」彼は穏やかに云った、「ほんの文銭が四五枚なんだから、——可愛い子だな」彼は女の抱いている赤子を覗《のぞ》いた、「丈夫そうによく肥えているじゃないか、もう誕生くらいかな」

女は「へえ」といった。それからまた「伝次」と棘《とげ》のある声で喚いた。

「なに云ってやんだ、べえーだ」その子は向うで舌を出した、「これはおらが道を教えておらが貰った銭だ、返すもんか」

「うぬ、この畜生ぬかしたな」

「おっかあのくそばばあ」その子は云った、「おらこれで芋《いも》買って食うだ、勘兵衛の芋買って一人で食うだ、へーん」

さあみんな来いと云うと、その子は亀久橋を渡ってとっとと駈けてゆき、ほかの子供たちもそのあとを追っていった。

「悪かったようだな、銭などやって」と律之助が云った、「ほんの礼ごころだったんだが」

女はなにも云わなかった。三人とも黙っていたが、手で触《さわ》れるほどはっきりと、敵意が感じられた。本能的で、あからさまな敵意だった。

——まずい出だしだ。

彼はそこをはなれた。

蜆河岸は狭い堀割に面して、対岸には武家の別邸とみえる長い塀があり、塀の中には椎《しい》やみず楢《なら》が、黒く葉の繁った枝をびっしり重ねているので、建物はまったく見えなかった。——道に沿って右側に空き地がある、おそらくそのどこかで兇行がおこなわれたのだろう、律之助はその空き地のほうへ入ろうとした。すると、すぐうしろで声がした。

「おいたん、おいたん」

彼は驚いてとびあがりそうになった。

四

振返ると、そこにあの妙な少年が立っていた。

「ああおまえか」と律之助が云った、「どうした、みんなといったんじゃないのか」

少年は首を振り、固く握っている右手の拳《こぶし》を、彼のほうへ出してみせた。やはり口をあけて涎を垂らしたままだし、眼やにだらけの眼はいかにも愚鈍らしく濁っていた。

――お絹の弟じゃあないか。

律之助は初めてそう気がついた。

「おいたん、こえ、ね」少年は云った、「ね、おいたん、こえ」

「なんだ、なにか持ってるのか、なんだ坊や」

少年は固く握った拳をさしだし、そろそろと指をひろげた。そこには潰《つぶ》れてぐしゃぐしゃになった、小さな生菓子があった。

「いい物を持ってるな」と彼は云った、「どれどれ、ほう、――鹿子餅《かのこもち》*か、洒落《しゃれ》たものを喰べてるんだな」

「もやったんだよ」少年が云った、「またもやうんだよ、ね、みんなが取ようとしっかやね、おいたん怒ってくんか」

「よしよし怒ってやるよ、坊や」と彼は云った、「おまえ直っていう名前か」

「直だないよ」少年は首を振った、「あたい直だない、直は馬鹿だかやね、あたい馬鹿だないよ」

少年はずっとついてまわった。

律之助は少なからずもて余した。云うこともよくわからないし、向うで遊べといっても側からはなれない、彼の歩くあとから、どこまでもついて来た。――それから、差配の源兵衛に会って、当夜のことを訊いたあと、お絹と卯之吉の住居へ案内させた。

七側《ななかわ》並んでいる長屋で、卯之吉の住居は西から二タ側めにあり、お絹のほうは六側めにあった。そのときも少年はまだつきまとっていたが、それは（源兵衛の話で）やはりお絹の弟の直次郎だということがわかった。

源兵衛は五十一二歳の、軀の小さな、固肥りの毛深い男だった。濃い眉の下の細い眼がするどく、態度は卑屈で、絶えずぺこぺこと頭を下げる。こんな人間が店子《たなこ》などにはてきびしいのだろう、律之助はそう思ったが、じっさい長屋の者たちのようすには、それがよくあらわれていた。

「なんでございますか、その」と源兵衛は別れ際に云った、「あの件でなにかまだ、その、御不審なことでも、――」

「うん、ほんのちょっとしたことだが」と彼はさりげなく云った、「一つ二つ納得のいかないところがあるんでね、たいしたことじゃないが」

「すると、旦那が御自分で、お調べなさるんですか」

「そのつもりだ」と彼は答えた。

「それはどうでしょうかな」源兵衛は横眼ですばやく彼を見、躊《ため》らうように云った、「こんなことを申してはなんですが、この辺のにんきの悪いことはもうお話のほかでして、土地に馴れたお手先衆でも、うっかりすると暗がりから棒をみまわれるくらいですから」

かと存じますが」

「よけいなことを申上げるようですが、馴れた方にでもお命じなすったほうが御無事

「なに、それほどのことでもないんだ」

律之助は軽く云いそらした。

彼は三日続けて冬木町へかよった。二日休んで、そのあいだの見聞を整理した。それだけでみると、まるきり得るところなしであった。三日間に会って話した人間は、男女九人だったが、かれらはなにも語らない、誰も彼も云いあわせたように、「へえ」とか「そんなようです」とか「知りません」などと答え、少し諄《くど》く問いつめるとその返辞さえなくなり、木偶《でく》のように黙りこんでしまうのであった。

彼の知りたいのは左の三ヵ条であった。

——お絹と卯之吉は恋仲ではなかったか。他にお絹にいいよっていた者はないか。

——当夜、二人のほかに誰か見かけなかったか。

だが、どの問いにもはっきり答える者はなかった。

役人に対するかれらの敵意の激しさは、初めの日に経験した。子供たちまでが（むろん親や周囲の影響だろうが）敵意を示し、嘲弄するといったふうである。律之助は整理した記事を検討しながら、幾たびも溜息をついた。しかし、お絹は下手人ではない、

という直感だけはますます強くなった。

「かれらはなにか知っている」と彼は自分に云った、「言葉を濁したり、とぼけたり、急に黙りこんだりするのがその証拠だ、あれは反感や敵意だけじゃあない、慥《たし》かになにか知っているからだ」

「おれはそいつを摑《つか》んでみせるぞ」と彼はまた云った、「おれのこの手で、必ず摑みだしてみせるぞ」

次にでかけた日は雨が降っていた。

律之助は卯之吉の父親に会った。伊与吉は植木職（手間取りだったが）なので、晴れている日は稼ぎに出るため、それまで会う機会がなかったのである。――伊与吉もまたあまり話はしなかった。瘦《や》せて骨ばった軀つきの、気の弱そうな老人だったが、死んだ卯之吉の孝行ぶりを自慢したり、その子に死なれた老いさきのぐちを、くどくどとこぼすばかりで、こちらの肝心な質問になると、殆《ほと》んど満足な答えをしないのであった。

「私は下手人はほかにあると思うんだ」と律之助は繰り返した、「私はその本当の下手人を捜しだしたいんだ、おまえだって自分の伜《せがれ》を殺した下手人がほかにあるとすれば、そいつを捜しだしたいと思うだろう、そうじゃないか」

「へえ」と伊与吉は眼を伏せた、「それはまあ、なんですが、べつにそうしたからって、死んだ卯之が生きけえって来るわけじゃあねえし」

「じゃあ訊くが、下手人でもないお絹が、お仕置になるのも構わないのか」

「お絹ぼうは」と伊与吉が云った、「下手人じゃあねえのですか」

律之助は絶句した。伊与吉の仮面のように無表情な顔と、その水のように無感動な反問とは、殆んど絶望的に、人をよせつけないものであった。伊与吉の家を出た彼は、蜆河岸へいってみた。

雨はさしてつよい降りではないが、そこはひっそりとして、堀割の繋《つな》ぎ船にも人影はなかった。彼は空き地へ入ってゆき、そこに佇《たたず》んで、あたりを眺めまわした。

「此処《ここ》でなにかがあった」と彼は口の中で呟いた、「口書に記された以外のなにごとかが、——この雑草どもはそれを見ていた」

空き地にはところ斑《まだ》らに雑草が生えていた。そこはかつて砂利置き場にでも使ったのか、いちめんに礫《こいし》がちらばっていて、その合間あいまにかたまって草が伸びている。もう晩秋のことで、みな枯れかかって茶色にちぢれ、なかにはすっかり裸になって、白く曝《さ》れた茎だけになったのもある。そうして、それらは雨に打たれながら、近づいている冬の寒さをまえに、ひっそりと息をひそめている、といったふうにみえた。

「おまえたちは見ていたんだ」と彼は草を眺めながら云った、「七夕の夜ここでなにがあったかを、——おまえたちに口があったら、それを云うことができるんだのにな」

さしている傘に、雨の音がやや強くなった。律之助はやがて、源兵衛店のほうへ戻った。

その日はお絹の父に会い、そのほかに三人の者と話してみた。お絹の父の勝次は寝たきりだし、舌がよくまわらないので、纏《まとま》ったことはなにも聞けなかった。しかもそばに直次郎がいて、絶えまなしに話しかけ、菓子を出して来て自慢そうに喰べたり、着物を捲《まく》って向う脛《ずね》の古い傷あとをみせたり、四つか五つの子供のように、玩具《おもちゃ》を持って来て「いっしょに遊ぼう」とせがんだりする。それを飽きずに繰り返すので、律之助はうんざりして立ちあがった。

他の三人との話も、このまえと同じように徒労だった。一人は土屋の人足、一人はぼて振《ふり》*、もう一人は御札売りだったが、ちょっとでも事件に関係のある話になると、みな敏感に口をそらして、そらとぼけた返辞しかしないのであった。

「へえ、さようですか、私はちっとも存じませんな」

「なにしろ稼ぎに追われて、長屋のつきあいなんぞしている暇がねえもんだから、へえ」

「あっしは引越して来たばかりで、そういうことはまるっきりわかりません」

では引越して来たのはいつだと訊くと、「まだ三年にしかならない」という、すべてがそんな調子だった。

――お絹自身が下手人だと主張するくらいだから、そう簡単にはゆかないに違いない。

律之助はそう覚悟してかかったのだが、この抵抗の強さには少なからずたじろいだ。それまでにわかったことは、卯之吉とお絹が、恋仲でないにしても、かなり親しくしていたということ。また卯之吉は二十五にもなるのに、やむを得ないつきあい以外には酒もあまり飲まず、女遊びなどもしないので、なかまから変人扱いにされていたなどというくらいのことだけであった。

「二人を恋仲だったとしよう」雨のなかを歩きながら、律之助は呟いた、「そこへ誰かが割込んで、お絹の奪いあいになった、そうしてその男が卯之吉を殺した、――これがもっとも有りそうな条件だ、しかし、そうではない、二人が恋仲だったとすれば、卯之吉を殺されたお絹は相手に復讐《ふくしゅう》するだろう、恋人を殺されたのに、自分が下手人だなどとなのって出るわけがない、どうしたってそんな道理があるわけがない」

彼は河岸っぷちで立停った。

「父さん」と彼は呟いた、「こいつは私の勘ちがいかもしれませんね」

はがね色によどんだ堀の水面が、やみまもなく降る雨粒のために、無数のこまかい輪を描き、そして陰鬱《いんうつ》な灰色にけぶっていた。――彼はやや暫《しば》らく、茫然とその水面を眺めていたが、ふと、うしろに人のけはいがしたように思い、振返ろうとするとたん、うしろからだっと、猛烈な躰当《たいあた》りをくらった。

五

躰当りをくった瞬間、律之助の頭のなかでいつかの悪たれ共の言葉が、閃光《せんこう》のはしるように閃《ひらめ》いた。

躰《たい》を躱《かわ》す暇はなかった。反射的に振った右手で、偶然なにかを摑んだ。それは相手の着物の衿《えり》で、がっしと摑んだまま、堀の中へ落ちこんだ。相手もいっしょだった、相手は摑まれた衿を振放そうとしたが、躰当りをした勢いがついていたのと、律之助の引く力とで、とんぼ返りを打ちながら、いっしょに落ちこんだ。

殆んど同躰《どうたい》に落ちて沈んだが、律之助は水の中で相手をひき寄せ、両足で相手の胴を緊《し》め、もっと底のほうへ沈めた。相手はけんめいに暴れた、二人はいちど浮きあがったが、そのとき彼は相手の横面《よこづら》を殴り、また水の中へ引き込んだ。

「助けてくれ」相手が悲鳴をあげた、「おら、泳げねえ、死んじまう」

そして「がぶっ」と水を嚙《か》み、気違いのように暴れた。律之助はそれを強引に押し沈め、水の中で押えつけ、息をつきに浮いて、また押し沈めた。相手が暴れるので、彼もちょっと水を飲んだ。塩からくて、臭みのある水だった。——三度めに沈めると、相手の軀からすぐに力がぬけた。そこで律之助は浮きあがったが、脱力した相手の軀が重たくて、水面へ出るのに骨が折れた。

浮きあがってみると、両岸に繫いである船から、四五人の者がこっちを見て、なにか口ぐちに叫んでいた。岸の上にも立停っている者がみえた。

「綱はないか」と彼は叫んだ、「こいつ溺《おぼ》れているんだ、綱を投げてくれ」

「いま舟が来ます」とすぐそこに繫いだ荷足船《にたりぶね》の上から、船頭らしい男が云った。

櫓《ろ》＊の音がするので、振返ると、ちょき舟《ぶね》＊が一艘《そう》こっちへ近づいて来た。向う岸から漕《こ》ぎだしたらしい、鉢巻をした袢纏着《はんてんぎ》の若者が、雨に濡れながら巧みに櫓を押している。——律之助は男の軀を支えながら、自分の腰が軽いので、刀をなくしたなと思った。しかし、水の中だから軽く感じたのであろう、両刀ともちゃんと腰にあるのがすぐにわかった。

「気を喪《うしな》ってるだけだ」舟が来ると、律之助が云った、「ちょっと手を貸してくれ」

「へえ、あっしがあげます」と若者は跼《かが》んで両手を伸ばした、「旦那、大丈夫ですか」

「おれは大丈夫だ、——いいか」

「よいしょ」若者は男を舟の上へ引きあげた、「おっ、こいつ六助じゃねえか」

律之助も舟へあがった。

「知っている男か」と律之助が訊いた。

「蛤町の六助っていう遊び人です」

「遊び人――」彼は手拭《てぬぐい》を出して絞り、それで髪の水を拭きながら首を傾《かし》げた、「よし、平野町の番所へやってくれ」

半刻《はんとき》ばかり経って、――

律之助は番所へ着くとすぐに、番太の一人を相模屋へやって、着物を都合してくれるように頼み、他の二人の番太が六助の介抱をするのを視《み》ていた。六助は気絶していただけなので、すぐに息をふき返し、多量の水を吐いた。そこへ相模屋から、番頭の茂助が必要な品をひと揃《そろ》え持って来た。――相模屋は質両替をやっているし、近くに適当な店がなかったから頼んだのである。古いものでいいと断わらせたのだが、茂助の持って来たのはみな新らしい(ゆきたけ*は少し合わなかったが)品であった。

「おら、なにも饒舌《しゃべ》らねえぞ」六助はいきなり云った、「石を抱かされたって、饒舌ることっちゃあねえ、さあ、どうでもしろ」

そのとき律之助は着替えをしていた。そして番頭の茂助がそばで手伝っていたが、それを聞いて不審そうに律之助を見あげた。

「これはどういうことでございますか」と茂助が訊いた、「あの男が、なにか致したのでございますか」

「いやなんでもない、溺れていたから助けてやっただけだ」

「然《しか》しなにか、いま」と茂助が云った、「石を抱かされても饒舌らないとか申しましたが」

「酔ってでもいるんだろう」彼は帯をしめ終って、ゆきたけを眺めながら云った、「――結構だ、店の暇を欠かせて済まなかったな、私は南の与力で花房律之助という者だ、明日にでも店へ寄るから、代銀《だいぎん》を調べておいてくれ」

「いえ、とんでもない、お役に立ちますれば、手前どもではそれでもう」

「明日ゆくよ」と彼は云った、「済まなかった」

茂助は帰っていった。それから律之助は、まだ横になっている六助のそばへいった。

「おい、――」と彼は云った、「ぐあいはどうだ」

六助は黙っていた。年は二十七八、色の黒い骨張った顔で、わざとらしく月代《さかやき》を伸ばしている。髭《ひげ》はきれいに剃《そ》っているので、月代はわざと伸ばしていることがわかった。

「おまえいま、なにも饒舌らないといばったな」と彼は云った、「石を抱かされても、なんぞとひどく威勢のいいことを云ったが、――つまり、なにか饒舌っては悪いことがあるんだな」

「どうでもいいようにしてくれ」六助はふてたように云った、「おら、なんにも云わねえ、もう口はきかねえから、しょびくなりなんなり好きなようにしてくれ」

「この野郎」と番太の一人が云った、「てめえ旦那に助けて頂いたのに、なんてえ口をききゃあがるんだ」

「のぼせてるんだ」律之助は濡れた両刀を持って、上り框《がまち》のほうへ来た、「うっちゃっとけばおちつくだろう、済まないが懐紙*と手拭を三本ばかり買って来てくれ」

彼はそくばくの銭を番太の一人に渡した。その番太はすぐに出ていった。彼は上り框に腰をかけ、土間の炉の火へ両手をかざした。

この自身番*は三カ町組合なので、町役*二人に番太が三人であるが、町役はどこかにもめ事があるとかで、二人とも留守だった。「呼んで来ましょう」というのを、律之助はそれには及ばないと断わり、やがて買って来た懐紙と手拭で、刀の手入れをしながら、三人の番太と暫らく話した。

——おれの勘は当ったぞ。

彼は心の中でそう繰り返した。

——この男は誰かに頼まれた、誰かに頼まれておれを殺すか、少なくとも再吟味を妨害しようとしたんだ。

なにも饒舌らない、というのがその証拠であろう、と彼は思った。彼は初め考え違いをした。悪童たちの云ったとおり、住民たちの敵意から、そんなことをされたのだと思った。しかしそうではない、六助というその男は誰かに頼まれた。この再吟味を恐れる誰かが、六助に頼んでさせたことだ。

——こんどこそ慥《たし》かだ。

と彼は心の中で叫んだ。

——おれはそいつをつきとめてみせるぞ。

刀の手入れが済むと、律之助は話をやめて帰り支度をした。

「騒がせたな」と彼は云った、「帰るから駕籠《かご》を呼んでくれ」

べつの番太がすぐにとびだしていった。

「この野郎をどう致しましょう」

「立てるようになったら帰らしてやれ」

「おっ放していいんですか」

「いいとも」と彼は云った、「まさか銭を呉《く》れてやることもないだろう」

向うで六助が寝返りを打った。二人の番太はあいまいに笑った。かれらは事実を知らなかった、ただ溺れている六助が助けられたものだと信じ、それにしては腑におちないところがある、というくらいに思っているようであった。——やがて駕籠が来ると、律之助はなにがしかを包んで、そこに置いた。

「みんなで菓子でも喰べてくれ」

そして彼は立ちあがった。

六

「それはいつのことだ」

「五日まえだ」

「で、──そいつを」と高木新左衛門が云った、「そのまま放してやったのか」

「うん」と律之助は頷ずいた。

「よけいなお世話かもしれないが」と高木が云った、「律《りつ》さんのやりかたはおかしいよ、そんなふうに聞きこみをして廻るぐらいで、なにか出てくると思ってるのかい」

「昨日借りた金のことなんだが」

「まあお聞きよ」と高木が云った、「たとえばその六助というやつをいためてみれば、頼んだ人間がわかる、というふうには思わないのかね」

「思えないね、そうは思えないんだ」

「どうして」

「ちょっと口では説明できない」と律之助は云った、「どう云ったらいいか、──つまり、これは普通の探索という方法ではだめだ、自分の勘で当ってゆくよりほかにない、という気がするんだ」

「悠暢《ゆうちょう》なはなしだな」と高木が云った、「それで望みがありそうかね」

「ありそうだね、六助という男の現われたのがその証拠さ、いちどはちょっと諦《あき》らめかけたんだが」

「断わっておくが」と高木が云った、「あの娘にはまもなく申し渡しがあるらしいよ」

　律之助は「あ」という顔をした。

「ことによると、五六日うちかもしれない、どうやらそんなような話だったよ」

「――慥かなんだな」

「らしいね、もう月番（老中）へ文届けを出したそうだから」と高木が云った、「とにかくそのつもりでやってくれ、いよいよとなったらまた知らせるよ」

　律之助は頷ずいた。

「それで」と高木が云った、「昨日の金がどうしたんだ」

「うん、あれは暫らく借りておけるかどうか、聞いておきたかったんだ」

「いいだろう、おれがうまくやっておくよ」

　律之助は「頼む」と云った。

　役所を出た彼は、数寄屋橋《すきやばし》のところで辻駕籠*に乗り、深川へいそげと命じた。蛤町の堀に面した、正覚寺の門前で駕籠をおり、寺の中へ入ってゆくと、差配の源兵衛が迎えに出て来た。

「集まっているか」と律之助が訊いた。

「へえ」と源兵衛が答えた、「なかで日当に不服を云う者もありましたが、あらまし集まっております」

律之助は頷ずいた。

彼はまえの日、源兵衛に命じて、「日当を出すから」といい、お絹と卯之吉の相長屋の者を、その寺へ集めさせた。両方で二十一世帯、稼ぎ手の男には二匁、女には米三合というきめ（費用は役所から借りた）である。当時は腕のいい大工でも日に三匁がたいがいの相場だから、不服を云われる筈はなかった。

かれらは本堂に集まっていた。だらしなく寝そべったり、やかましく話したり笑ったりしていたが、律之助が入っていって須弥壇《しゅみだん》の脇に坐ると、かれらも静かになり、こっちへ向いて坐り直した。

「今日、此処へ集まってもらった理由は、たいていわかっていると思う」

律之助はそう口を切った。

それから彼は事件の内容を詳しく話し、お絹が下手人である筈はないと主張した。二人が好きあっていたことは慥かである、しかし卯之吉にも父親があるし、お絹には寝たきりの父と、白痴の弟がいるので、結婚はできないが、さりとて諦めてしまったようでもない。というのが、――卯之吉は二十五歳にもなるのに、まだ嫁も貰わないし、酒も飲まずわる遊びもせずに稼いでいる。お絹もあたりまえならもっとみいりの多い、楽なしょうばいがある筈だ。たとえ身売りをしないまでも、あの縹緻《きりょう》なら相当な料理茶屋*で稼ぐこともできるだろう、それをそうはしないで、手足を汚してその日稼ぎを続けて来た。聞くところによると石担ぎや土方までやったそうだ、——これは卯之吉に義理を立てていたのではないか。二人のあいだに「やがては夫婦になろう」という約束があって、卯之吉はそのために身を堅く稼いでいたし、お絹も浮いたしょうばいで楽をしようとしなかったのではないか。

「私はそうだったように思う」と律之助はかれらを見た、「みんなは相い長屋だから、私よりも詳しく知っている筈だ、もしも私の想像がまちがいで、二人はそんな仲ではなかったと、知っていて云うことのできる者がいたら、そう云ってくれ」

誰もなにも云わなかった。律之助が端のほうから、順々に顔を見てゆくと、みな眼を伏せたり顔をそむけたりした。

「よし、では私の想像が当っていたものとして続けよう」と彼は云った、「私は最近まで牢廻りを勤めていた、そして事件の内容は知らずにお絹を見て、こんな牢などに入るような娘ではないと思った、ちょっと信じられないかもしれないが、われわれのような役を勤めていると、ふしぎにそういう勘がはたらくんだ」

それから彼は口書を読んだこと、その内容がどうしても腑におちないので、吟味与力になったのを幸わい、再吟味の決心をしたこと。そして、お絹自身も真実を語らないし、冬木町の長屋をまわっても、誰一人として助力してくれる者のないこと、などを諄々《じゅんじゅん》*と述べた。

「頼む、頼むから力を貸してくれ」と律之助は云った、「卯之吉のほかに、誰かお絹につきまとっていた者がある筈だ、お絹が下手人だとなのって出たには、なのって出るだけの理由がある筈だ、ほんのひと言でいい、奉行所の面目にかけても、決して掛《かか》り合《あい》*になるようなことはしない、どうか頼む、思い当ることがあったらひと言でいいから云ってくれ」

かれらはやはり黙っていた。頑《かた》くなに沈黙を守るというよりは、彼の云うことなどまるで聞いてもいなかった、というふうにみえた。

「だめか、——」と彼は云った、「貧乏な者には、貧乏な者同志の人情がある筈だ、相い長屋の一人は殺され、一人は無実の罪でお仕置になろうとしている、それを黙って見ているのか、黙って指を咥《くわ》えて見ているのか」

大勢の者と膝《ひざ》をつき合せて語れば、なかに一人くらいは義憤*に駆られて口を割る者があるだろう。多人数の前だと、常にない勇気を出してみせる者がよくある。律之助はそれを覘《ねら》ったのだが、やはり結果は徒労のようであった。

——なんという腰抜け共だ。

彼は怒りのために胸が悪くなった。しかしけんめいにそれを抑えて云った。

「此処で云えなければ、私が訪ねていったときそう云ってくれ、頼むよ」

そして差配の源兵衛に、日当を分配するように命じた。

七

律之助は寺から出ていった。

力のぬけた、だるいような気持で、冬木町のほうへ歩きだすと、寺の土塀《どべい》に沿った横丁から、一人の若者がひょいと出て来て、こちらを見るなり立停り、それからすぐに、身を翻《ひる》がえしてうしろへ走り去った。

ほんの一瞬のことであったが、その若者の顔を律之助は見た。吃驚《びっくり》したような眼と、伸ばした月代と、蒼黒《あおぐろ》いような骨ばった顔を。

「六助だな」と律之助は呟いた。

そして土塀の角までいって、その横丁を覗いたが、若者の姿はもう見えず、そこに四五人の子供たちが遊んでいるばかりだった。――そして、その子供たちはいっせいにこちらを見たが、中の一人が「また来たのかい」とよびかけた。

「よう、――」

と律之助は云った。それはいつかの、勘次というあの悪童であった。

「よう」と律之助は云った、「はたちのあにいか、どうした」

「それあおらの云うこった」と子供は云った、「こないだあんなめにあったくせに、おじさんまだ懲《こ》りねえのかい」

律之助は子供の眼をみつめ、それから云った。

「おまえ見ていたのか」

「いなくってよ」とその子供は云った、「いまだって六さんが逃げてったのを見てたぜ」

「六助を知ってるんだな」

「知ってればなにか訊こうってのかい」とその子供は云った、「へっ」と彼は小賢《こざか》しく肩をしゃくった、「そんなまねしてると、こんどこそ本当に大川へ死骸《しがい》が浮くかもしれねえぜ、悪いこたあ云わねえから、この辺をうろうろするのはもうやめたほうがいいぜ」

「手に負えねえ餓鬼どもだ」

とうしろで声がした。律之助が振返ると、しなびたような老人が立っていて、彼に会釈をした。

「わたくしゃあ弥五《やご》という船番ですが」とその老人は云った、「よろしかったらわたくしの小屋でちょいとひと休みなさいませんか」

律之助は老人の顔を見た。その老人は寺へ集まった者たちの中にいたようである、彼は頷ずいて「休ませてもらおう」と云った。

その小屋は亀久橋の角にあった。腰掛のある一坪の土間と、畳三帖《じょう》ひと間だけの雑な小屋で、老人はそこから、岸に繋いである船の見張りをするのだと云った。

「こんな狭い堀へ入る船だから、ろくな荷は積んじゃあいませんが、それでもうっかりすると、なにかかにかやられるもんですから」と老人は云った、「なにしろこの辺の人間ときたら、いや、こっちもそんなことの云える柄じゃあございませんがね」

老人は土間の焜炉《こんろ》で湯を沸《わか》しながら、おっとりした調子で自分のことを語った。――弥五郎というのが本当の名で、若いじぶんから船頭になった。結婚を二度したが、二度とも失敗し、それ以来ずっと独身をとおした。中年以後、水売りの船を三ばい持ったこともある、酒と博奕《ばくち》でそれも失ない、足腰がきかなくなってから、この堀筋の船頭たちの好意で、船番をするようになった、というように話した。

律之助は黙って聞いていた。弥五は沸いた湯で茶を淹《い》れ、「お口には合わないだろうが」と律之助にすすめると、自分も茶碗を持って、畳敷きの上り框へ腰を掛けた。

「さっき寺でお話をうかがいました」と弥五は云った、「それで申上げるんですが、――旦那のお気持はよくわかりますが、もうお諦らめなすったほうがいいと思うんですがな」

「――どうしてだ」

「どんなに旦那が仰《おっ》しゃっても、みんなは決してお力にはなりません、たとえなにか知っているにしても、それを云う者は決してありゃあしませんから」

「つまり、――」と律之助は云った、「みんな誰かを恐れているというわけか」

「いいえ、自分たちがなにを云ってもむだだ、ということをよく知っているからです」

「どうして、なにがむだなんだ」

「われわれのような、その日の食にも困っている人間は、なにを云っても世間には通用しません」と弥五は云った、「仮りに旦那にしたってそうでしょう、土蔵付きの大きな家に住んで、財産があって、絹物かなんぞを着ている人の云うことと、その日稼ぎの、いつも腹をへらしている人足の云うことと、どっちを信用なさいますか、いや、お返辞はわかってます」

弥五は戸口を見て首を振り、「あっちへいって遊びな」と云った。律之助が見ると、白痴の直次郎が戸口に立っていた。彼は律之助に笑いかけ、「あ、あ」といいながら、手に握っている菓子を見せた。

「旦那の仰しゃることはわかってます」と弥五は云った、「が、まあ聞いて下さい、私の十五のときのことですが、人に頼まれて賭場《とば》の見張りに立ったことがありました」

弥五は賭場の見張りとは知らなかった。小遣い銭が貰えるので、云われるとおり見張りに立ったのだが、手入れがあって、みんな逃げたあと、彼一人が捉《つか》まってしまった。それから目明しに責められた。

——きさまの親分の名を云え。

——賭場へ集まった者は誰と誰だ。

ちょうど賭博厳禁の布令の出たときであった。自分は知らずに頼まれたと云ったが、てんで信用しないし、拷問にかけると威《おど》され、恐ろしくなって、頼んだ男の名を告げ、その人に訊いてくれればわかると云った。するとその目明しは、——その男となにか利害関係があったらしい、——この野郎でたらめをぬかすな、といって殴りつけた。

「その目明しは云いました」と弥五は微笑した、「そういうことが云いたかったら、人のいないところで壁か羽目板にでも云うがいい、そうすれば痛いめにだけはあわずに済む、覚えておけってな、——まったくです」と弥五は微笑したまま云った、「わたくしゃあつくづくそうだと思いました、なにか云いたいことがあったら、壁か羽目板にでも向って云うに限る、そうすれば少なくとも痛いめにはあわずに済む、——私だけじゃあない、いつも食うに追われてるような貧乏人は、多かれ少なかれ、みんな同じようなめにあって、懲《こ》りて、それこそ懲り懲《ご》りしていますからな、……へえ、連中からなにかお聞きになろうということは、わたくしゃあむだだと思うんでございますよ」

　律之助は頭を垂れていた。

「うんめえ、あ」と戸口で直次郎が云った、「おいたん、ね、こえ、うんめえ」

　律之助は茶碗を置いて立った。

八

「有難う、じいさん」と律之助は云った、「なるほどそんなこともあるかもしれない、私にはなんと云いようもない、しかし、——」彼はちょっと口ごもった、「とにかくやってみるよ、たとえ世の中がそうしたものだとしても、それならなおさら、やってみる値打がありゃあしないか」

　弥五は微笑しながら頷ずいた。律之助は赤くなった。

「じいさんから見たら青臭いかもしれないが」と彼は云った、「とにかく、やるだけはやってみる、——お茶を有難う」

　小屋を出た彼は、そのまま蜆河岸へいった。いっしょに直次郎がついて来た。直次郎は例によってしきりに話しかけるが、彼は黙って、兇行のあった空き地へ入っていった。

　勘次たちがこの菓子を取ろうとするんだ、と直次郎がまわらない舌で云った。いつも取ろうとするんだ、「わからんな」が勘次たちには買ってやらないから、いつもおれのばかり取ろうとするんだ、と云った。

「ひどいもんだ」と律之助は呟いた、「――ひどいもんだな、じいさん」

彼は枯れかけた雑草を眺めまわした。するとふいに、彼の頭の中でなにかがはじけた。彼は直次郎のほうへ振返って、その手に持っている菓子を見た。それは（いつかのと同じ）鹿子餅であった。

――家には玩具なんぞもあった。

雨の日に訪ねたとき、直次郎はやはり菓子を喰べていた。玩具を出して来て、いっしょに遊ぼうとせがんだりした。

――玩具は新らしかった。

まだ新らしかったようだ、と律之助は思った。どっちも不似合いだ、鹿子餅も玩具も。稼ぎ手のお絹は七十余日まえからいない、たぶん相い長屋の者たちが、協同で二人をやしなっているのだろう、たぶんそうだろう。

「そうとすればなおさら、鹿子餅や玩具はおかしい」と彼は呟いた、「――待てよ」

律之助は直次郎を見た。

「その菓子は誰から貰ったんだ」

「う、――」と直次郎は云った。

「いまなんとか云ったようだな、誰かが勘次たちには買ってやらないって、――誰が勘次たちには買ってやらないんだ」

直次郎の顔に苦痛と恐怖の表情があらわれた。それはいたましいほど直截《ちょくせつ》に、苦痛と恐怖感をあらわしていた。

――口止めをされているな。

と律之助は思った。よほど厳しく口止めをされたのだろう、いま訊いてもだめだ。彼はそう思って歩きだした、慥《たし》かに直次郎はその名を云った、うっかりして聞きのがしたが、慥かになんとか云った筈だ。

「思いだしてみろ」と彼は舌打ちをした、「――うん、思いだせないか」

律之助は差配の家へ寄った。

源兵衛は家にいた。源兵衛は日当の分配を済ませたと云い、残った金を返した。律之助はそれを受取って、勝次と直次郎を誰が世話しているか、と訊いた。長屋の者が面倒をみている、と源兵衛が答えた。長屋の者だけかと訊くと、家主の相模屋でも助《す》けていると答えた。主人の儀平が哀れがって、米味噌ぐらいはみてやれ、と云ったのだそうである。

「そうか」と律之助が云った、「相模屋が付いているんなら安心だな」

「ええまあ」と源兵衛はあいまいにうす笑いをし、それから急になにかをうち消すような調子で、「しかし旦那は渋うがすからな」と云った。

律之助は直次郎の言葉を思いだした。源兵衛が「旦那は渋いから」と云った、その「旦那」が記憶をよび起したらしい。

――わからんな。

若旦那だ、と律之助は思った。

「ええと」と彼は云った、「相模屋には息子が二人いた筈だな」

「相模屋さんにですか、いいえ」

「二人じゃあない」と彼はまた云った、「するとあれはひとり息子か」

「清太郎さんですか」

「うん」と律之助は云った、「私はてっきり二人いるんだと思った」

源兵衛は黙った。律之助は源兵衛を見た。源兵衛は黙っていた。律之助の胸はどきどきした。彼は「面倒をかけたな」と云って、差配の家を出た。彼の頭は廻転し始めた、さっきなにかがはじけたように感じたが、それからしだいに思考がまとまってゆき、中心がはっきりうかびあがって、それを軸にくるくると廻転し始めたようであった。

彼は平野町の番所へ寄った。そして、番太の一人を外へ呼びだした。

「おまえに頼みがある」と律之助は囁《ささ》やいた、「明日相模屋の清太郎をお手当*にするから、逃げないように見張っていてくれ」

「若旦那をですか」とその番太は息をのんだ。

「そうだ」と彼は云った、「誰にも云うな、いいか、勘づかれないようにしろよ」

その中年の番太は「へえ」と云った。律之助は上《かみ》ノ橋《はし》で辻駕籠に乗り、まっすぐに南の役所へいそがせた。役所へ着くと、梶野和兵衛という同心を呼び、相模屋清太郎の看視《かんし》を命じた。和兵衛は「臨時廻り*」が分担で、わけを話すとすぐに了解した。

「そいつは番太が内通しますね」

「それが覘《ねら》いなんだ」と律之助は云った、「番太は町に雇われた人間だし、相模屋は土地の大地主で家主だからな、——これで清太郎が動いてくれれば、しめたものなんだが」

「逃げるようだったら縛りますか」

「高とびをするようならね」と律之助は云った、「しかし任せるよ」

「承知しました」

「なにかあったら家のほうへ知らせてくれ、夜中でも構わないからね」と彼は念を押した、「変ったことがなくとも、私のゆくまで見張りは頼むよ」

「承知しました」と和兵衛は云った。

梶野和兵衛は手先を二人伴《つ》れてでかけた。律之助もいっしょに役所を出たが、堀端でかれらと別れ、辻駕籠をひろって小伝馬町の牢屋へいった。石出帯刀は登城ちゅうであったが、志村吉兵衛がいて、彼が用件を話すと、すぐにその手配をしてくれた。頼んだのはお絹と話したいこと、そしてお絹との対話を、隣りの部屋で記録してもらうことであった。

「その役の者を二人控えさせました」と志村が用意のできたことを知らせた、「二人とも達者ですから、懸念なくお話し下さい」

律之助は「よろしく」と云って立った。

詮索所へゆくと、もうお絹が坐っていた。ほかには誰もいず、狭い白洲は、黄昏《たそがれ》ちかい片かげりで、いかにもひっそりと、うすら寒げにみえた。お絹はこのまえと同じように、おちついた静かな顔をしていた。

「おまえに知らせることがあるんだ」

と律之助は口を切った。

九

お絹は黙って眼をあげた。

「おまえはこのまえ、父親や弟のことはもういいんだ、と云ったな」と彼は云った、「二人のことはもう心配はない、と云ったように思うが、そうじゃなかったか」

お絹はけげんそうな眼をした。

「どうしてですか」と彼女は云った。

「稼ぎ手のおまえがいなくなったあと、寝たっきりの親や、あたりまえでない弟がどうして生きてゆくか、私はそれが心配だった」と彼は云った、「おまえは気にしていなかった。それで、なにかわけがあるのかと思った、稼ぎ手のおまえがいなくなっても、二人が安楽に暮してゆけるような、なにか特別な理由でもあるのかと思った、そうじゃあなかったのか」

お絹の眼に警戒の色があらわれた。

「そうじゃあなかったのか」と律之助は云った。

「どうしてですか」とお絹は云った。

「知りたいか」と彼は云った、「知りたくなければはなしはべつだ、おまえは自分からお仕置を望むくらいなんだから、親や弟は、乞食になろうと、飢死《うえじ》にをしようと構わないかもしれない」

お絹の顔が歪《ゆが》んだようにみえた。しかしなにも云わなかった、律之助も黙って暫らく待ち、それから静かに立ちあがった。

「待って下さい」とお絹が云った。

律之助は構わず歩きだそうとした。

「待って下さい」とお絹が叫んだ。

律之助は振返った。

「お父つぁんや直がどうかしたんですか」

「聞きたいか」

「旦那はお父つぁんや直にお会いになったんですか」

「会った」と彼は云った、「まだ長屋にいることはいたからな」

「まだって、――どういうわけですか」

「わからないのか」

お絹は黙った。律之助はまだ立っていた。

「親は寝たっきりの病人、弟は自分のことさえ満足にできない」と彼は云った、「それで、稼ぎ手のおまえがいなくなって、あとがどうなるかわからないのか」

お絹はこくっと唾《つば》をのんだ。律之助は立ったままで、お絹を見おろした。

「長屋の者たちに人情があったって」と彼は続けた、「みんな自分たちの暮しに追われている連中だ、雨が四五日降れば、自分の子に食わせることもできなくなる連中だ、十日や半月なら米味噌くらい貢ぐこともできるだろう、しかし、――五十日も七十日も、そんなことが続くかどうか、おまえにはよくわかってる筈じゃないか」

「それじゃあ」とお絹が云った、「お父つぁんや直は、どこかよそへゆくんですか」

「よそへだって、――」

「そうじゃないんですか」

「おまえは」と律之助は坐った、「二人が閑静な田舎へでもいって、暢気《のんき》に遊んで暮せるとでも思っているのか」

お絹の顔がひきしまり、律之助を見あげる眼はおちつきを失なって、不安そうな色を帯びてきた。

「長屋を出ることは慥かだよ」と彼は云った、「また、いざり車*ぐらいは、長屋の者たちが拵《こし》らえてくれるようだ、直次郎だって、いざり車を曳《ひ》くことぐらいはできるからな」

「嘘です」お絹が叫んだ、「そんなことがあるもんですか」

「どうして、――」

お絹は黙った。

「どうして嘘なんだ」と彼は云った、「あの二人になにかほかのことができると思うのか、寝たっきりの病人を抱えて、直がちゃんと稼いでゆけるとでも思うのか、――冗談じゃない、直にはいざり車を曳くことはできるだろう、一文めぐんでくれ、ぐらいのことも云えるかもしれない、雨の降るときは、お寺かお宮の縁の下へ入って」

とつぜんお絹が叫び声をあげた。

「嘘です、嘘です、そんな筈はありません、旦那は嘘を云ってるんです」

「そんな筈がないって」と彼は云った。

「そんな筈はありません」とお絹が云った、「どうしたって、どんなに間違ったって、お父つぁんや直が乞食になるなんて」お絹の眼から涙がこぼれた、「そんな、そんなひどいことがあるもんですか、そんなむごいことが」

「あったらどうする」と律之助は云った、「血のつながる親類でも、人殺しなどをした者が出れば、その家族とはつきあわなくなる、それが世間というものだ、まして他人同志のあいだで、そんな者の面倒をいつまでみてゆけると思う」

「約束をしたんです、あの人は約束をしたんです」

「相模屋の清太郎か」

「あの人はちゃんと約束したんです」お絹は泣きだした。泣きながら彼女は云った、「お父つぁんや直は、一生安楽に暮させてやる、土地がいづらければ、どこか湯治場《とうじば》*にでもやって、一生不自由のないように面倒をみてやる、相模屋の暖簾に賭けて約束するって」

「それで清太郎の身代りになったのか」

「あたしはもう、疲れてました、しんそこ疲れきってました」お絹はしゃくりあげながら云った、泣く児が泣き疲れて、うたうような調子で、お絹はゆっくりと続けた、

「お父つぁんや直が、安楽に暮してゆけるなら、自分はどうなってもいい、卯之さんは死んじまったし、生きていたってしょうがない、生きているはりあいもないし、もう軀も続かない、なんでもいいから休みたい、手足を伸ばして、ゆっくりいちど休めたら、それでもう死んでもいいと思ったんです」

律之助はなにも云わなかった。

「八つの年におっ母さんに死なれてから、あたしずっと働きとおしました」とお絹は云った、「お父つぁんに倒れられてからは、二人をやしなうために、自分は三日も食わずに働いたこともあります、でももう疲れきっちゃいました、――お父つぁんがなんとかなったら、卯之さんといっしょになる約束でしたが、その卯之さんも死んじまったし、お父つぁんと直のことはひきうけてくれるというもので、それであたしは承知したんです」

「清太郎を呼んでやろうか」と彼が云った。

「あたしは約束は守ってもらえると思ってました」とお絹は云った、「二人のことは安心だし、この牢屋へ来てっから、生れて初めて、ゆっくり手足を伸ばして休めたし、――本当に生れてっから初めて、暢《のん》びり休むことができたし、もういつお仕置になってもいいと思っていたんです」

「清太郎を呼んでやろう」と彼は云った。

「あたし云ってやります」とお絹は云った、「あたしも約束を守ったんだから、あの人も約束を守って下さいって、——あたしそう云ってやります、ええ、きっとそう云ってやります」

十

律之助は高木新左衛門と酒を飲んでいた。

三十間堀《さんじっけんぼり》の船宿の二階で、外は雨であった。あけてある窓から、対岸に並んだ土蔵と、その上の、鬱陶《うっとう》しく雲に塞《ふさ》がれた雨空が見えた。

「清太郎は逃げようとしたのか」

「その晩、菱垣船《ひしがきぶね》に乗ろうとした」と律之助が云った、「それでしかたなしに、梶野は縛ってしまったらしい」

「ばかなもんだ」と高木が云った、「——しかし、お絹が口を割ったとすれば、居据《いすわ》ってしらをきるわけにもいかなかったろうがね」

「もちろん親が逃がしたのさ」

「殺したのは、——」

「二人が逢曳《あいびき》をしているのを見たんだ」

「ふん」と高木は云った、「金持のひとり息子か、……ああいう手合にはよくあるやつさ、大地主で、質両替商で家主で、土蔵に金が唸《うな》ってる、金で片のつかない事はないと思ってるんだ」
「おれはまいった」
「長屋の連中もつかまされたんだな」と高木が云った、「貧乏ということは悲しいもんだ」
「おれはまいったよ」と律之助は云った、「長屋の女房たちの露骨な敵意も、子供たちの悪童ぶりも、弥五の若いじぶんの話も相当なものだった、しかし、お絹が、——疲れた、と云ったときにはまいった」
「盃があいているぜ」
「あたしは疲れた、しんそこ疲れきってました、と云われたときには、おれは、——」と律之助は頭を垂れ、それから、低い声で云った、
「お絹が罪を背負ったのはそれなんだ、親や弟が安楽に暮せる、卯之は死んだ、生きているはりあいがない、そういうことよりも、生きることに疲れきって、ただもう疲れることから逃げだしたいという気持で、——ああ、おれにはそれがよくわかった、おれはそのことだけでまいったよ」
「まいったのはもうわかった、盃を持てよ」
「まいったのがわかったって」

「盃を持ってくれ」と高木が云った、「まいったことはわかったから、もう一つのことを話してもらおう、——律さんはどうして、この事件を、そう熱心に再吟味する気になったのか、わけはあとで話すと、いつか云った筈だぜ」

「一杯ついでくれないか」

「重ねてやれよ」高木は酌をした。

「こうなんだ」

「もう一つ、ぐっとやれよ」

「こうなんだ」と律之助が云った、「——父が死ぬときに、遺言のようなことを云った、父の誤審がもとで、無実な者を死罪にしたことがある、誤審ということがわかったのは、三年もあとのことだったそうだ、父はそれ以来、良心に責められて、一日も心のやすまるときがなかった、もともと、人間が人間を裁くということが間違いだ、しかし世間があり秩序を保ってゆくためには、どうしたって検察制度はなければならないし、人間が裁く以上、絶対に誤審をなくすこともできないだろう、——父はそう云った、自分の誤審は殆んど不可抗力なものだった、それは同僚も上司も認めてくれたが、それでも良心はやすまらなかった、無実の罪で死んだ者のために、いつも冥福《めいふく》を祈りながら、とりかえしのつかない自分の罪に、夜も昼も苦しんだ、父はそう云った、——だから、おまえだけはこの勤めをさせたくないって」

「しかもすすんで勤めに出た」

「すすんでね」と律之助は窓の外を見た、「もしできるなら、父の償《つぐ》ないがしたい、一つでも償ないをして、死んだ父にやすらかに眠ってもらいたい、そう思ったのでね」

「それは知らなかった」と高木は云った、「そういうことなら、今日の酒は二重の祝杯ということになるじゃないか」

「どうだかな」

「なにか不足があるのか」

「お絹は牢屋のほうがいいと云った」と律之助は云った、「――長屋へ戻れば、お絹はまた稼がなければならない、寝たっきりの親や、白痴の弟を抱えて、――」

「しかし、やがては、おちつくところへおちつくさ、それは一人のお絹の問題じゃあない」

「慥《たし》かにね、――」と彼は云った。

律之助は窓の外を見ていた。雨の降る三十間堀へ、苫《とま》*を掛けた伝馬《てんま》船《せん》が一艘、ゆっくりと入って来るのが見えた。


（〈オール讀物〉一九五四年十月号）

注釈

柳橋物語

九＊出仕事　外に出かけてする仕事。

一〇＊かもじ　髪を結ったり垂らしたりする場合に、自分の毛の足りない部分を補う添え髪のことを指す。

＊飛脚屋　書状・荷物・金銭などを徒歩で運ぶ商売のこと。

＊はしり物　野菜・果物・魚などの、出回り期の最初に出るもの。初物。

＊膳が高く　料理の膳が高い位置にあると手を出しづらいことから、食べにくくなる意。

一一＊夕潮　夕方、満ちてくる潮。

＊荷足　荷足船のこと。関東の河口や江戸湾で小さい荷物を運んだ小舟。

一三＊頭梁　大工の親方の呼称。棟梁。

＊下風　他人の勢力下。

＊叩き大工　鉄槌で叩くしか能のない未熟な大工。

＊株　株仲間の組合員が独占した権利。転じて、ひろく営業上・職業上の特権。

＊諸式　諸物、諸道具。物価。

一三＊四半刻　約三〇分。

一四＊水茶屋　神社の境内や道端で茶や湯を出す休憩所。

＊行燈　木などの枠に紙を張り、中に灯心を浸した油皿を入れて灯火を点す照明器具。

＊葭簾　葦の茎を編んで作った、すだれ状のもの。立てかけて日除け、目隠しなどに用いる。

＊御腰の物　腰刀。

一六＊癇の強い　ちょっとしたことにも興奮し、いらいらする性質をもっているということ。

＊一粒だね　大事にしているひとりっ子。

一七＊惘然　「呆然」に同じ。予想もしないことに出会ってあっけにとられるさま。

一八＊はしっこい　機転がきき、動作が敏捷である。すばしこい。

一九＊仮藉もない　「仮藉」は許す、見逃すこと。ここでは一切見逃さない、手心を加えてくれない、の意。

＊半衿　飾りとして襦袢の襟の上に重ねて掛ける襟。

二〇＊執持　人をもてなすこと。接待。

二一＊うえ　その人の身の上。

二二＊三度飛脚　町飛脚の一つ。江戸、大坂間を毎月二、一二、二二日を定期として往復した。

＊取組先　提携している仕事先のこと。

二三＊建具屋　戸・障子・襖などを作ることを生業とする商店。
＊普請場　土木工事、建設の現場。
二四＊一刻　約二時間。
＊あがった　飲食するの敬語。召し上がる。
二五＊株　江戸時代に売買された役職、世襲の地位など。
二七＊下職　下請けとなること。また下働きをする人。
＊ふりの客　紹介なしにきた初めての客。
＊町役　町奉行の支配下にあり、町方の行政事務をとり行った役人一般の称。
三一＊三匁　「匁」は重量の単位。一匁は約三・七五グラム。
＊押っ付けて　ほどなく。間もなく。
＊口が干上って　生活手段を失い、食えなくなる。
三二＊お針　裁縫のこと。
三五＊膳拵え　膳に料理を並べること。食事の支度をすること。
三六＊かかる　頼る。
三七＊しっこし　「しりこし（尻腰）」の促音便で、腰を強めるために尻を冠した語。根気。気力。度胸。
＊薬ほどもない　薬ほどの少量もないの意。
＊半刻　約一時間。

三八*公儀　将軍の統一権力を表す言葉。江戸幕府を指す。
三九*寄合　人の集まり。集会。会合。
四〇*立てて　（戸や障子が）閉まっている。
四三*手まめ　労力を惜しまずに仕事をすること。
四六*湯治　温泉に入って病気などを治療すること。
四七*桃の湯　夏の土用に、各湯屋が湯に桃の青葉を入れる風習があった。
四八*中風　脳出血その他脳脊髄の障害によって起こる半身不随・言語不正・身体麻痺等の症状。
五〇*雨もよい　あまもよい。今にも雨が降り出しそうな空の様子。
*おためごかし　表面は相手の利益をはかるように見せかけて、その実は自分の思う通りにすること。
五二*慄然　恐ろしさで身のふるえるさま。ぞっとするさま。
五三*こはぜかがり　足袋や脚絆などの合わせ目につける爪型の留め具を縫い付けること。
五四*中元　陰暦七月一五日のこと。元来、中国の道教において、一月一五日の「上元」、一〇月一五日の「下元」と並ぶ三元の一つで、佳節を祝う日としてあったが、仏教の盂蘭盆会と習合して、仏に物を供え死者の霊を祭るとともに、半年の無事を祝う日となった。
*荷葉飯　「荷葉」とはハスの葉のこと。ハスの葉を細かく刻んだものとあえた飯のこと。
*刺し鯖　鯖を背開きにして塩に漬け、二匹を一匹としたもので、七月一五日の生身魂（生きてい

る父母の長寿を祝すること）に用いる。
五五＊手内職　袋張り・縫い物など、手先を使ってする内職のこと。
五八＊枕紙　木枕の上の小枕をおおって汚れを防ぐ紙。
＊後架　便所。
＊露次ぐち　路地の出入り口。
＊火桶　木製の丸型の火鉢。表面は木地のまま、内側に金属板を張ったもの。
＊鬢　頭の左右の側面、耳のそばの髪。
＊験　神仏の霊験。効果。効き目。
五九＊真礪　刃物を研ぐとき、仕上げに使うきめのごく細かい砥石。
＊青砥　石が青く、きめの細かい粘土岩で作った砥石。中研ぎに用いる。
六〇＊半鐘　町内に設置された火事を知らせる小さい釣り鐘。火事の遠近や状態は、叩き方でわかるようになっていた。ゆっくりと叩いている時は火事が遠く、速ければ速いほど近かった。
＊三つばん　半鐘の打ち方。近火の場合に、この打ち方をした。
＊かがり　「篝火」の略。
六二＊口伝　口伝えで伝授すること。
＊布子　木綿着物の綿入れ。
六三＊上り框　玄関などの上がり口のこと。

＊お江戸の名物　「火事と喧嘩は江戸の花」と言われたことから。人口が増え、家屋が密集した江戸の町では火災が多く、規模も大きくなりやすかった。

＊じゃんとくる　「じゃん」は半鐘が鳴る音。火災の報知に鳴らされた。

＊番たび　その都度。

二六四＊燈明　神仏に供えるともしび。

二六五＊定命　仏教用語で、前世の因縁によって定まる人の寿命。

二六六＊刺子　綿布を重ね合わせ、一針抜きに細かく一面に刺繍した布地のこと。幾何学模様などの図柄が特徴。意匠に加え、布の補強や保温効果などの利点があった。

＊色消し　風情を消すこと。またはそのさま。ここでは見た目が悪いことをいう。

二六七＊さんじゃく帯　長さ三尺（約九〇センチ）のしごき帯。職人、馬子、船頭、無頼漢（ならずもの）が多く用いた。左前、または右前で結ぶ。

＊ゆくたて　いきさつ。経緯。事情。

＊いけて　炭火を灰の中に埋める。また、炭火を火鉢などの灰の上に整えて置くこと。

＊きな臭い　紙・きれなどの焦げるにおいにいう。焦げ臭い。

＊軽子　雇われて、魚河岸などで荷揚げに従事する者。軽籠で荷物を運んだことから呼ばれた。運び人足ともいう。

二六九＊閧　多数の人が、一斉にどっとあげる声。

七二＊湯沸し　湯を沸かすための器具。やかんなど。

七三＊野駆け　野遊び。遠足。ピクニック。

＊げびた　下品な。

七七＊呼び生かして　大声で呼んで生き返らせる。

七九＊刺子半纏　刺子で作った半纏のこと。丈夫であることから火消が用いた。動きやすく頑丈なこと、水を十分に含んで、火災現場でも着火しにくいなどの利点があった。

＊たまぎるような　魂消る。気を失う、気絶せんばかりにおどろく。

＊ねんねこ　ねんねこ半纏のこと。冬季に幼児を背負ったまま着る半纏。

八二＊腰っきり　「〜きり」で物事の限度を表す語。ここでは「腰まで」の意。

八三＊三間　「間」は距離を表す単位。一間は約一・八メートル。

八六＊ふところ手　和服を着て、腕を袖に通さず懐に入れていること。抜き入れ手。

＊瘧　一定の周期で発熱し、悪寒やふるえのおこる病気のこと。主にマラリアのことをいう。

八七＊虫干し　虫やかびのつくのを防ぐために、書画・衣類などを日に干したり風にあてたりすること。

八九＊筍笠　筍の皮を張って作った笠。

九〇＊そばきり　現在のような細長い蕎麦のこと。蕎麦切。

＊油障子　紙に油を引いた腰高障子。

＊切窓　壁・羽目板等を切り開けた明り取りの窓。

九一　*泣きひいって　すっかり涙が干上がってしまうほどに泣く。
九三　*お救い小屋　地震や火災、洪水、飢饉などの天災の際に、被害にあった人々を救済するために、幕府や藩などが建てた公的な救済施設。救い小屋ともいう。
九五　*人別　人別帳のこと。村や町単位の戸口調査簿。
九八　*二町　「町」は長さの単位。一町は約一〇九メートル。
*片口　片方にだけつぎ口のある長柄の銚子。
九九　*下屋敷　各藩の江戸屋敷のうち広い庭園が作られ別邸の色が濃いもののこと。蔵屋敷の機能を兼ねることもあった。
*一夜乞食　金持ちが急に貧乏になること。また、その人。
一〇一　*花街　芸者屋・遊女屋などの集まっている町。色里。色町。
*戯場　芝居などを演じる場所。舞台。劇場。
一〇三　*左官　壁塗りを職業とする人。
一〇九　*半挿　湯水を注ぐための器で、その柄が半分器の中にさしこまれているもの。柄に湯水が通ずるための溝がある。
一一一　*代銀　代金のこと。
一一三　*出水　大雨や長雨のあと河川・湖沼が氾濫すること。
一一五　*早鐘　急変を知らせるために激しく撞く鐘。

一六＊みがる　責任・職務などから離れて、気楽であること。ここでは子供がいないことを指している。
一七＊羽目板　壁などの上から並べて張った板。
一九＊小僧　商店などで使われている少年。でっち。
＊番太　番太郎。町内の自身番に雇われて夜回りその他の雑役をする者。
一三五＊香こ　香々。漬物。香の物。
一三八＊犬張子　犬の形をした張り子のおもちゃ。子供の魔除けともされた。
一三九＊精げた米　「精ぐ」は玄米をついて白くする、の意から精米した米。
＊袷　裏地をつけて仕立てた着物。
一三〇＊といで　ひとりで、の意。
一三九＊しかけ　飯の支度。
＊こごみかげん　かがみ気味な。「こごむ」は体を折り曲げる、しゃがむの意。
＊焚きおとし　火をつけたあとに残る熾火。
一四一＊蓬臭い莨　タバコの葉の代わりに、ヨモギの葉を用いて吸っている。
一四二＊萱笠　スゲの葉で編んだ笠。軽い作りで、町人の女房や比丘尼などが主に雨具用に使用。夏の日よけとしても使われた。
＊家作もち　「家作」は人に貸して収益をあげるためにつくった持ち家のこと。ここでは自分の家を持っている、の意。

一四七＊埋み火　炉や火鉢などの灰にうずめた炭火。
＊守り本尊　身の守りとして信仰する仏。また、その仏像。
一四九＊人別改め　江戸時代の人口調査。
一五〇＊掛け買い　即金ではなく、代金を後払いで支払う約束で品物を買うこと。
＊年を越す苦労　江戸時代は、掛け買いで買った分を年末一二月に清算する風習があったことを指していう。
＊白くはないが　もち米以外に混ぜ物も入っているが、の意。
＊賃餅　賃銭を出してつかせた餅。
一五二＊おにやらい　宮中の年中行事の一つで、大みそかの夜、舎人が扮した疫病の鬼を追い払い矢で射て、災害を払い除く儀式。のちに民間では節分の夜に行う豆まきの行事となった。追儺。
一五三＊産土神　生まれた土地の守り神。
＊修正会　寺院で正月に修する法会。旧年の悪を正し、その年の吉祥を祈願する。
一五六＊気ぶっせい　気詰まりなさま。
＊松の取れるまで　「松」は門松のこと。ここでは、門松を外す一月七日、あるいは一五日までの期間を指す。
一五七＊てんでん勝ち　めいめいが勝手にふるまうさま。自分勝手。
＊すえ始終　ゆくゆく。将来。行く末長く。

一六〇＊いたずら女　性関係にだらしない女性のこと。
一六二＊のしまわって　わがもの顔で歩き回って。
＊乙に　妙に。
一六三＊尻切れ草履　わら草履で、後半部のない短いもの。
一六四＊いぎたなく　ぐっすり寝込んでいるさま。
＊水餅　餅がひび割れたりかびたりするのを防ぐため、水につけて保存すること。また、その餅。
一六五＊膳立て　食器・食物を配置し、食膳の準備をすること。
一六八＊昂然　自信に満ちて、意気盛んなさま。
一六九＊川施餓鬼　水死人の冥福を祈って川辺や船上で行う施餓鬼供養。死者の戒名を書いた経木や紙片、灯籠などを川に流したり、塔婆を水中に立てたりして供養する。
＊精霊舟　精霊流しに用いる、麦わらや木で作った小舟。盆舟。
一七〇＊一半　二分したうちの、一方。半分。なかば。
一七二＊単衣　主に夏場に着用する裏地のない着物。
＊労咳　肺結核のこと。肺病。労病ともいう。
一七三＊ふりだし　振り出し薬のこと。布などの小袋に入れ、熱湯に浸して振り動かし、成分を溶かし出すようにした薬。浸剤。
一七四＊がらがら　がさつなさま。

一七八＊腰羽目　壁の腰の部分（下部）に張った羽目板。
＊油元結　「油」は髪を固める鬢付け油、「元結」は髪を結ぶ細いひもや糸のこと。
一八一＊搾木　二枚の板の間に植物の種子などを挟んで、強く圧力をかけて油をしぼり取る木製の道具。
身をしぼられるようなつらい状態のたとえにも用いる。
一八三＊番所　江戸の町を警備する自身番のこと。現代にたとえると交番と消防支所、役場、寄合所を兼ねたような小屋で、火消用具や捕り物道具を常備し、屋根には火の見櫓と半鐘が設置された。
一九三＊心配　気を遣うこと。心遣い。
一九四＊いまわり　居住するところの周囲。
＊それなり　そのまま。それきり。
＊絵解き　絵巻・物語等の絵を説明するもの。
一九六＊名代　ある人の代わりを務めること。代理。

しじみ河岸

二〇〇＊口書　訴訟の際の供述調書のこと。
二〇一＊槍をつけ　第三者がわきから口を出して文句をつけること。
二〇三＊町方　町方同心。町奉行所で岡っ引などを使い捜査活動・治安維持活動にあたった。
＊与力支配　諸奉行・大番頭・京都所司代・城代・書院番頭などの部下として、それらの役職を

補佐した与力をまとめた者。
＊吟味与力　訴訟や犯罪を調べただす吟味役を補佐した者。
二〇三＊差配　所有者に代わって貸家・貸地などを管理すること。またはその者。
二〇五＊雑俳　俳諧から発生した前句付・笠付・五文字・折句等、多く遊戯的に点取りを争う類のもの。
＊兜首　兜を着けた身分のある大将の首。ここではお手柄の意。
二一一＊なかご　中に入れてある部分。刀剣では、柄の中に入る刀身の部分。
＊あげもの　制作して研ぎが一通り済んだ刀剣。
二一三＊朽葉色　朽ちた葉のような赤みを帯びた黄色。
二一七＊鹿子餅　餅菓子の一つ。餡でくるんだ餅に、甘く煮た小豆を粒のまままつけたもの。
二二三＊ぼて振　天秤棒で商品を担い、呼ばわりながら売り歩く者。
二二五＊櫓　船をこぐための道具の一つ。
＊ちょき舟　細長い柵なしの小舟。
二二六＊ゆきたけ　着物の裄と丈のこと。
二二八＊懐紙　たたんで懐に入れておく紙。ちり紙にしたり、詩歌などを書いたりするのに用いられた。
＊自身番　江戸の町の警備をする番所。現代に例えると交番と消防支所、役場、寄合所を兼ねたような小屋で、火消用具や捕り物道具を常備し、屋根には火の見櫓と半鐘が設置された。
＊町役　町奉行の支配下にあり、町方の行政事務をとり行った役人一般の称。

二三一＊辻駕籠　町の辻（十字路）で客を乗せた町駕籠。夜でも人通りが多い道で客待ちをしていた。
二三二＊料理茶屋　高級な料理を出し、種々の会合などに使われる茶屋のこと。
二三四＊諄々　よくわかるように繰り返し教えさとすさま。
＊掛り合　巻き添えを食うこと。
＊義憤　道義に外れたこと、不公正なことに対するいきどおり。
二四三＊お手当　召し取ること。逮捕。
二四四＊臨時廻り　江戸市中の警備・観察を担当した町奉行所の同心が担った職の一つ。かつて定廻を務めた者から任命され、定廻の補佐や指導にあたった。
二四八＊いざり車　板に車輪をつけて、物をのせて運べるようにしたもの。
二四九＊湯治場　温泉に入って病気などを治療する場。
二五四＊苫　スゲ・茅などの草で、菰のように編み、屋根や周囲を覆うもの。

解説

諸田《もろた》玲子《れいこ》

私たちはなにを失くしてしまったのか。豊かになりすぎて、忘れているものがあるのではないか。周五郎《しゅうごろう》作品を読むたびに愕然《がくぜん》としたり心をふるわせたり、自らに問いかけたくなるのは私だけではないはずだ。

山本《やまもと》周五郎さんが亡くなられて半世紀が過ぎた。これだけの歳月が経っても小説は変わらず愛されつづけ、この間に優れた評論や評伝も数多く出版されている。そんな雲上の大先輩について若輩者の私がえらそうに評する言葉はもちあわせていないが、ひとつだけ強調したいのは、反骨魂に裏づけされた〈弱者によりそうまなざし〉についてである。

山本周五郎さんは小説の中で常に闘っている。耐え難い貧困だったり、冷淡な世間だったり、裏切りや不実や偽りだったり……闘う相手はたいがい世間なのだが、たとえば『樅ノ木は残った』では理不尽な政《まつりごと》への怒り、『五瓣の椿』ではめらめらと燃え上がる復讐《ふくしゅう》心、『その木戸を通って』では弱気や恐怖心、というように、つきつめていえばそうした理不尽に対峙《たいじ》する自身の心と闘っている、ともいえる。

本書に収録された二編もその例にもれない。どころか、いずれも壮絶な闘いの物語である。中心となる人物はどちらも悲惨な境遇におかれた女で、著者は二人の心情にぴたりとよりそって、その胸の内を鮮やかに解き明かしてゆく。

私は若い頃、周五郎作品を読み漁《あさ》った時期があった。おびただしい数の作品があるので全作ではないものの、二度三度と読み返す中で、『柳橋物語』は遠い昔にたった一度、読んだきりだった。なぜなら、あまりにも不幸つづきの主人公おせんが可哀想で、悔しくてたまらなかったからだ。こんなことがあってよいのか、これではあんまりではないか……と、著者に腹を立てさえしていた。

それなのに今回、この解説を書くために始めの数行、秋鰺《あきあじ》の酢作りの描写を読んだとたん口中に新鮮な魚の味がひろがり、同時に、小説の全容がよみがえった。風が吹き渡る柳河岸《やなぎがし》の光景も、黙々と道具を研ぐ祖父源六《げんろく》の背中も、燃え猛《たけ》る炎も、赤子の泣き声も、そして報われない愛のために死んでいった幸太《こうた》の悲痛な叫びも……忘れてはいなかったのだ。まるでたった今、読み終えたばかりのように――私自身がおせんになったかのように五感までともなって――次々に場面が浮かんでくる。本編が私の胸の奥にくっきりと刻み込まれていた証拠である。

やっぱり切ない。悔しさも変わらない。それでも読み直してみて、私は若い頃とは少し違った印象を抱いた。〈運命にもてあそばれる悲惨な女の話〉と思っていたが、そうではなく〈闘う女の話〉だと気づいたのだ。

前篇で、源六はおせんに、涙ながらにこういう。

「人間は調子のいいときは、自分のことしか考えないものだ……（中略）……自分に不運がまわってきて、人にも世間にも捨てられ、その日その日の苦労をするようになると、はじめて他人のことも考え、見るもの聞くものが身にしみるようになる……」

そして、前篇・中篇と、祖父の死から始まって大火、洪水、あらぬ噂と数々の悲惨な目に遭ったあと、おせんは後篇で幸太の自分への真実の愛に気づいて「喉を絞るように噎びあげ」る。

「幸太さんわかってよ、あんたがどんなに苦しかったか、あたしには、今ようくわかってよ」

今はすべてが明らかにわかる、自分を本当に愛して呉れたのは幸太であった。

十七の娘が庄吉《しょうきち》に胸をときめかせたのは、恋に恋する乙女心だった。しかも「待つ」という言葉には崇高な響きがある。貞節を重んじる昔堅気の娘なればこそ、その言葉を美化し、すがりついて、真実を見る目を曇らせてしまった。

けれど〈信じて待つ〉という執念がなかったら、おせんはここまで強く生きられたか。一度ならず記憶を失うほどに打ちのめされながら、しかも四面楚歌《しめんそか》の苦しみの中でも自分を見失わなかったのは、たとえまちがいだったにせよ、人を想う執念と赤子の存在があったからだろう。庄吉恋しさから一度は捨てようとした赤子を、やはり育てようと決めたとき、おせんは真の意味で自立した。いったん芽生えた疑いは容易には消せない。自分では気づかなくても、負い目を抱えたまま庄吉と暮らす不幸と、孤独ではあっても正々堂々とした生き方とを秤《はかり》にかけて、おせんは後者を選んだのだ。そう思えば、最後の場面でおせんが庄吉に嘘をついた理由もわかる。憐《あわ》れみはいらない。闘って闘って――世間とも庄吉とも自分の心とも――闘いぬいて、最後に、おせんは勝利を得たのである。

どんなに悲惨な目にあっても〈庄吉を待つ〉という希望にすがっていられたおせんは、ある意味で幸せだったと思う。絶望の淵《ふち》に沈んだときも幼い幸太郎《こうたろう》や自分より不運なおもんがいたし、得体は知れないものの松造《まつぞう》という後ろ盾もいた。

それに比べて『しじみ河岸』のお絹《きぬ》には救いがない。

お絹は、これでもか、と目をおおいたくなるほど悲惨な境遇で暮らしていた。世の中、こんな不公平があってよいものかと読んでいる私まで運命を呪いたくなる場所——しじみ河岸は、そういうところだ。

お絹がなぜ犯してもいない罪で入牢《じゅろう》し、嘘の証言をしてまで処刑される道を選んだのか。本編は南町奉行所の吟味与力、花房律之助《はなぶさりつのすけ》がその謎を解き明かしてゆくミステリー仕立ての短編だが、ここに通奏低音として流れているのも闘う心、著者の〈反骨魂〉である。だから真犯人が捕縛されてお絹が無実となっても、決してめでたしめでたしとはいかない。そこにはもっと切実な貧困、生活苦、それゆえの人情の酷薄さという厳然たる不幸が横たわっているからだ。貧すれば鈍するというが、江戸の人情長屋はまだ恵まれた人々が集うところで、最下層のどん底にいる人々はそんな綺麗事《きれいごと》などいってはいられない。

山本周五郎さんが『柳橋物語』を書いたのは昭和二十一年、終戦の翌年である。大火や洪水の地獄絵は、戦争末期の修羅場の合わせ鏡でもあったのか。『しじみ河岸』は昭和二十九年。戦争の傷跡がようやく癒《い》えはじめたこの時代、やはりまだ……というより復興の最中《さなか》だからこそ、そこから落ちこぼれ、忘れ去られて悲惨な境遇にあえぐ人々の姿が著者の胸をゆさぶったのではないか。

『しじみ河岸』にあるのは、絶望と諦観《ていかん》である。

「われわれのような、その日の食にも困っている人間は、なにを云っても世間には通用しません」と弥五は云った、「仮りに旦那にしたってそうでしょう、土蔵付きの大きな家に住んで、財産があって、絹物かなんぞを着ている人の云うことと、その日稼ぎの、いつも腹をへらしている人足の云うことと、どっちを信用なさいますか、いや、お返辞はわかってます」

しじみ河岸の住民の悟りきった言葉の前に、律之助は頭《こうべ》を垂れるしかなかった。お絹を救ったことが果たして良かったのかどうか。お絹を待っている過酷な日常を想って、律之助はほろ苦い酒を呑《の》む。

なんという小説だろう。

山本周五郎さんの、なんと切実な問いかけだろう。

悲惨な境遇を耐えぬいたおせんと、疲れ果てて死を選ぼうとしたお絹。どんなに世の中が豊かになっても、おそらくおせんやお絹のように苦しむ女たち、いや人間がこの世からいなくなることはないはずだ。

周五郎作品は色あせない。生きることは闘うことだから。

本書がこれからも長く愛されるように、一人でも多くの読者が地の底から湧き上がるようなお絹の呻《うめ》きに耳をかたむけ、苦境の中をたくましく生きぬくおせんの姿から勇気を得られるように、私はそう願っている。

「柳橋物語」は二〇一三年九月刊行の「山本周五郎長篇小説全集第五巻」（新潮社）、「しじみ河岸」は二〇〇五年十一月刊行の「山本周五郎中短篇秀作選集２」（小学館）を底本としました。

なお本書中には、白痴、唖者、（一夜）乞食、番太、気違い、いざり車といった現代の人権擁護の見地に照らして不当、不適切と思われる語句や表現がありますが、著者自身に差別的意図はなく、また著者が故人であること、作品自体の文学性、芸術性を考え合わせ、原文のままとしました。

（編集部）

柳《やなぎ》橋《ばし》物《もの》語《がたり》

山《やま》本《もと》周《しゅう》五《ご》郎《ろう》

平成30年 3月25日　初版発行

発行者●郡司 聡

発行●株式会社KADOKAWA
〒102-8177　東京都千代田区富士見2-13-3
電話 0570-002-301（ナビダイヤル）

角川文庫 20819

印刷所●株式会社暁印刷　製本所●株式会社ビルディング・ブックセンター

表紙画●和田三造

Printed in Japan
ISBN978-4-04-106236-4　C0193

角川文庫発刊に際して

角川源義

第二次世界大戦の敗北は、軍事力の敗北であった以上に、私たちの若い文化力の敗退であった。私たちの文化が戦争に対して如何に無力であり、単なるあだ花に過ぎなかったかを、私たちは身を以て体験し痛感した。西洋近代文化の摂取にとって、明治以後八十年の歳月は決して短かすぎたとは言えない。にもかかわらず、近代文化の伝統を確立し、自由な批判と柔軟な良識に富む文化層として自らを形成することに私たちは失敗して来た。そしてこれは、各層への文化の普及滲透を任務とする出版人の責任でもあった。

一九四五年以来、私たちは再び振出しに戻り、第一歩から踏み出すことを余儀なくされた。これは大きな不幸ではあるが、反面、これまでの混沌・未熟・歪曲の中にあった我が国の文化に秩序と確たる基礎を齎らすためには絶好の機会でもある。角川書店は、このような祖国の文化的危機にあたり、微力をも顧みず再建の礎石たるべき抱負と決意とをもって出発したが、ここに創立以来の念願を果すべく角川文庫を発刊する。これまで刊行されたあらゆる全集叢書文庫類の長所と短所とを検討し、古今東西の不朽の典籍を、良心的編集のもとに、廉価に、そして書架にふさわしい美本として、多くのひとびとに提供しようとする。しかし私たちは徒らに百科全書的な知識のジレッタントを作ることを目的とせず、あくまで祖国の文化に秩序と再建への道を示し、この文庫を角川書店の栄ある事業として、今後永久に継続発展せしめ、学芸と教養との殿堂として大成せんことを期したい。多くの読書子の愛情ある忠言と支持とによって、この希望と抱負とを完遂せしめられんことを願う。

一九四九年五月三日

角川文庫ベストセラー

春いくたび　山本周五郎

戦場に行く少年の帰りを待つ香苗。別れに手向けた辛夷を支えに、春がいくたびも過ぎていた――表題作をはじめ、健気に生きる武家の家族の哀歓を丁寧に、叙情的に描き切った秀逸な短篇集。

晩年　太宰治

自殺を前提に遺書のつもりで名付けた、第一創作集。〝撰ばれてあることの　恍惚と不安と　二つわれにあり〟というヴェルレエヌのエピグラフで始まる「葉」、少年時代を感受性豊かに描いた「思い出」など15篇。

女生徒　太宰治

「幸福は一夜おくれて来る。幸福は――」多感な女子生徒の一日を描いた「女生徒」、情死した夫を引き取りに行く妻を描いた「おさん」など、女性の告白体小説の手法で書かれた14篇を収録。

津軽　太宰治

昭和19年、風土記の執筆を依頼された太宰は三週間にわたって津軽半島を一周した。自己を見つめ、宿命の生地への思いを素直に綴り上げた紀行文であり、著者最高傑作とも言われる感動の一冊。

田中英光傑作選
オリンポスの果実／さようなら　他

田中英光　編／西村賢太

オリンピックに参加した自身の体験を描いた「オリンポスの果実」、晩年作の「さようなら」など、珠玉の6篇を厳選。太宰の墓前で散った無頼派私小説家・田中英光。その文学に傾倒する西村賢太が編集、解題。

角川文庫ベストセラー

土方歳三（上）　富樫倫太郎

豪農・土方家に生まれた歳三はすらりとした見た目だが負けず嫌いで一本気な性格だった。強くなって武士になる――。その熱い想いはやがて近藤や沖田らとの運命の出逢いに繋がっていき……土方歳三青春編！

土方歳三（中）　富樫倫太郎

浪士組での働きを認められ、新選組となった歳三たち。歳三は副長として組織作りに心血を注いでいたが、やがて隊員たちの志は変わり、その絆に亀裂が入っていくことになる。歳三の苦渋の決断と、その心中とは……。

土方歳三（下）　富樫倫太郎

討幕派の勢いは激しさを増し、幕府軍が追いつめられてゆく中、歳三はかつての仲間たちとの悲痛な別れを味わうことに。それでも信じる道を奉じ、蝦夷地で戦い抜いた歳三が最期に見たものとは。慟哭のラスト！

二度はゆけぬ町の地図　西村賢太

日雇い仕事で糊口を凌ぐ17歳の北町貫多は、彼の前に現れた一人の女性のために勤労に励むが……夢想と買淫、逆恨みと後悔の青春の日々とは？『苦役列車』の著者が描く、渾身の私小説集。

人もいない春　西村賢太

親類を捨て、友人もなく、孤独を抱える北町貫多17歳。製本所でバイトを始めた貫多は、持ち前の短気と喧嘩っぱやさでまたしても独りに……『苦役列車』へと連なる破滅型私小説集。

角川文庫ベストセラー

一私小説書きの日乗　西村賢太

11年3月から12年5月までを綴った、無頼の私小説家・西村賢太の虚飾無き日々の記録。賢太氏は何を書き、何を飲み食いし、何に怒っているのか。あけすけな筆致で綴るファン待望の異色日記文学第1弾。

随筆集 一私小説書きの独語　西村賢太

雑事と雑音の中で研ぎ澄まされる言葉。半自叙伝「一私小説書きの独語」(未完)を始め、2012年2月から2013年1月までに各誌紙へ寄稿の随筆を網羅した、平成の無頼作家の第3エッセイ集。

湯の宿の女　新装版　平岩弓枝

仲居としてきよ子がひっそり働く草津温泉の旅館に、一人の男が現れる。殺してしまいたいほど好きだったその男、23年前に別れた奥村だった。表題作をはじめ男と女が奏でる愛の短編計10編、読みやすい新装改版。

お文《ふみ》の影　宮部みゆき

月光の下、影踏みをして遊ぶ子どもたちのなかにぽつんと女の子の影が現れる。影の正体と、その因縁とは。「ぼんくら」シリーズの政五郎親分とおでこの活躍する表題作をはじめとする、全6編のあやしの世界。

仇討ち　池波正太郎

夏目半介は四十八歳になっていた。父の仇笠原孫七郎を追って三十年。今は娼家のお君に溺れる日々……仇討ちの非人間性とそれに翻弄される人間の運命を鮮やかに浮き彫りにする。

角川文庫ベストセラー

俠客 (上)(下)

池波正太郎

江戸の人望を一身に集める長兵衛は、「町奴」として、つねに「旗本奴」との熾烈な争いの矢面に立っていた。そして、親友の旗本・水野十郎左衛門とも互いは心で通じながらも、対決を迫られることに――。

西郷隆盛 新装版

池波正太郎

薩摩の下級藩士の家に生まれ、幾多の苦難に見舞われながら幕末・維新を駆け抜けた西郷隆盛。歴史時代小説の名匠が、西郷の足どりを克明にたどり、維新史までを描破した力作。

春遠からじ

北原亞以子

関宿城下で塩を商う蔵次の娘・あぐりは、父の片腕である伍平太に恋心を抱いていた。しかし蔵次は、店を手伝っている仲助にあぐりを娶らせようとするが……戦国を舞台に女たちの生き様を描く、長編小説。

冬ごもり 時代小説アンソロジー

編／縄田一男
著／池波正太郎、宮部みゆき、松本清張、南原幹雄、宇江佐真理、山本一力

本所の蕎麦屋に、正月四日、毎年のように来る客。彼の腕にはある彫ものが……／「正月四日の客」池波正太郎ほか、宮部みゆき、松本清張など人気作家がそろい踏み！　冬がテーマの時代小説アンソロジー。

春はやて 時代小説アンソロジー

平岩弓枝、藤原緋沙子、柴田錬三郎、野村胡堂、岡本綺堂
編／縄田一男

幼馴染みのおまつとの約束をたがえ、奉公先の婿となり主人に収まった吉兵衛は、義母の苛烈な皮肉を浴びる日々だったが、おまつが聖坂下で女郎に身を落としていると知り……（「夜明けの雨」）。他4編を収録。

角川文庫ベストセラー

夏しぐれ
時代小説アンソロジー

編／縄田一男
平岩弓枝、藤原緋沙子、
諸田玲子、横溝正史、
柴田錬三郎

夏の神事、二十六夜待で目白不動に籠もった俳諧師が死んだ。不審を覚えた東吾が探ると……。『御宿かわせみ』からの平岩弓枝作品や、藤原緋沙子、諸田玲子など、江戸の夏を彩る珠玉の時代小説アンソロジー！

秋びより
時代小説アンソロジー

編／縄田一男

池波正太郎、藤原緋沙子、岡本綺堂、岩井三四二、佐江衆一……江戸の「秋」をテーマに、人気作家の時代小説短篇を集めました。縄田一男さんを編者とした大好評時代小説アンソロジー第3弾！

新選組興亡録

司馬遼太郎・柴田錬三郎・
北原亞以子 他
編／縄田一男

「新選組」を描いた名作・秀作の精選アンソロジー。司馬遼太郎、柴田錬三郎、北原亞以子、戸川幸夫、船山馨、直木三十五、国枝史郎、子母沢寛、草森紳一による9編で読む「新選組」。時代小説の醍醐味！

乾山晩愁

葉室　麟

天才絵師の名をほしいままにした兄・尾形光琳が没して以来、尾形乾山は陶工としての限界に悩む。在りし日の兄を思い、晩年の「花籠図」に苦悩を昇華させるまでを描く歴史文学賞受賞の表題作など、珠玉5篇。

実朝の首

葉室　麟

将軍・源実朝が鶴岡八幡宮で殺され、討った公暁も三浦義村に斬られた。実朝の首級を託された公暁の従者が一人逃れるが、消えた「首」奪還をめぐり、朝廷も巻き込んだ駆け引きが始まる。尼将軍・政子の深謀とは。

角川文庫ベストセラー

秋月記　葉室　麟

散り椿　葉室　麟

ちっちゃなかみさん　新装版　平岩弓枝

密通　新装版　平岩弓枝

江戸の娘　新装版　平岩弓枝

筑前の小藩、秋月藩で、専横を極める家老への不満が高まっていた。間小四郎は仲間の藩士たちと共に糾弾に立ち上がり、その排除に成功する。が、その背後には本藩・福岡藩の策謀が。武士の矜持を描く時代長編。

かつて一刀流道場四天王の一人と謳われた瓜生新兵衛が帰藩。おりしも扇野藩では藩主代替りを巡り側用人と家老の対立が先鋭化。新兵衛の帰郷は藩内の秘密を白日のもとに曝そうとしていた。感涙長編時代小説！

向島で三代続いた料理屋の一人娘・お京も二十歳、数々の縁談が舞い込むが心に決めた相手がいた。相手はかつぎ豆腐売りの信吉。驚く親たちだったが、なんと信吉から断わられ……豊かな江戸人情を描く計10編。

若き日、嫂と犯した密通の古傷が、名を成した今も自分を苦しめる。驕慢な心は、ついに妻を験そうとするが……表題作「密通」のほか、男女の揺れる想いや江戸の人情を細やかに描いた珠玉の時代小説8作品。

花の季節、花見客を乗せた乗合船で、料亭の蔵前小町と旗本の次男坊は出会った。幕末、時代の荒波が、恋に落ちた二人をのみ込んでいく……「御宿かわせみ」の原点ともいうべき表題作をはじめ、計7編を収録。

角川文庫ベストセラー

天保悪党伝　新装版　藤沢周平

江戸の天保年間、闇に生き、悪に駆ける者たちがいた。御数寄屋坊主、博打好きの御家人、辻斬りの剣客、抜け荷の常習犯、元料理人の悪党、吉原の花魁。6人の悪事最後の相手は御三家水戸藩。連作時代長編。

春秋山伏記　藤沢周平

白装束に髭面で好色そうな大男の山伏が、羽黒山からやってきた。村の神社別当に任ぜられて来たのだが、神社には村人の信望を集める偽山伏が住み着いていた。山伏と村人の交流を、郷愁を込めて綴る時代長編。

山流し、さればこそ　諸田玲子

寛政年間、数馬は同僚の奸計により、「山流し」と忌避される甲府勝手小普請へ転出を命じられる。甲府は城下の繁栄とは裏腹に武士の風紀は乱れ、数馬も盗賊騒ぎに巻き込まれる。逆境の生き方を問う時代長編。

めおと　諸田玲子

小藩の江戸詰め藩士、倉田家に突然現れた女。若き当主・勇之助の腹違いの妹だというが、妻の幸江は疑念を抱く。「江戸褄の女」他、男女・夫婦のかたちを描く全6編。人気作家の原点、オリジナル時代短編集。

青嵐　諸田玲子

最後の侠客・清水次郎長のもとに2人の松吉がいた。一の子分で森の石松こと三州の松吉と、相撲取り顔負けの巨体で豚松と呼ばれた三保の松吉。互いに認め合う2人に、幕末の苛烈な運命が待ち受けていた。

角川文庫ベストセラー

楠の実が熟すまで　諸田玲子

将軍家治の安永年間、京の禁裏での出費が異常に膨らみ、経費を負担する幕府は公家たちに不正があるのではないかと睨む。密命が下り、御徒目付の姪・利津が女隠密として下級公家のもとへ嫁ぐ。闘いが始まる！

道三堀のさくら　山本一力

道三堀から深川へ、水を届ける「水売り」の龍太郎には、蕎麦屋の娘おあきという許嫁がいた。日本橋の大店が蕎麦屋を出すと聞き、二人は美味い水造りのため力を合わせるが。江戸の「志」を描く長編時代小説。

ほうき星　(上)(下)　山本一力

江戸の夜空にハレー彗星が輝いた天保6年、江戸・深川に生をうけた娘・さち。下町の人情に包まれて育つ彼女を、思いがけない不幸が襲うが。ほうき星の運命の下、人生を切り拓いた娘の物語、感動の時代長編。

新編忠臣蔵　(一)　吉川英治

江戸城の松の廊下で、浅野内匠頭が吉良上野介を斬りつけた事件。その背景には、何があったのか……国民的作家が、細部まで丁寧に描いた、忠臣蔵の最高傑作がいまここに！

新編忠臣蔵　(二)　吉川英治

主君の仇を取るために江戸へ下った、四十七人の赤穂浪士たち。吉良邸討ち入り前日、彼らの熱い想いが詳細に描かれる！　綿密に計画された復讐は成功なるか!?　忠臣蔵、完結編。

幕末、開国を迫る列強の圧力が高まる中、長崎にやってきた檜山三四郎。豪商の遺児である彼は、勤王と佐幕に揺れる世情に身を投じていく。数奇な運命に彩られた、彼を取り巻く人物たちの行く末は？